恋閻魔
唐傘小風の幽霊事件帖

高橋由太

恋閻魔　唐傘小風の幽霊事件帖

主要登場人物

伸吉《しんきち》　貧乏寺子屋の師匠

小風《こかぜ》　唐傘《からかさ》を片手に、カラスを肩に乗せた娘の幽霊

八咫丸《やたまる》　小風の肩に乗っている小ガラス

しぐれ　伸吉の寺子屋に居ついてしまった九歳児の幽霊

上総介《かずさのすけ》　夜の寺子屋に通ってきている織田信長の幽霊

猫骸骨《ねこがいこつ》　夜の寺子屋に通ってきている猫の幽霊

チビ猫骸骨　猫骸骨の弟分。夜の寺子屋に通ってきている仔猫の幽霊

傘平《かさへい》　本所《ほんじょ》深川の老傘職人。すでに隠居している

雪灯音之介《ゆきあかりおとのすけ》　斬鉄剣を操る殺し屋。雪男の幽霊

紫陽花藤四郎《あじさいとうしろう》　水芸師

卯女《うめ》　伸吉の祖母。故人

目次

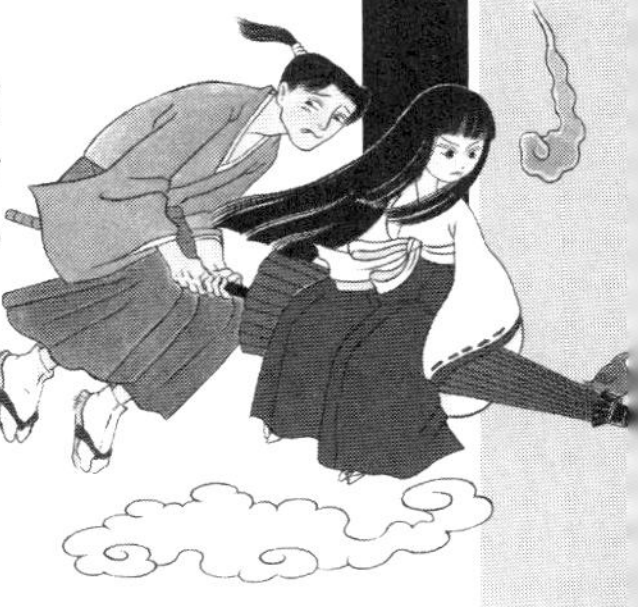

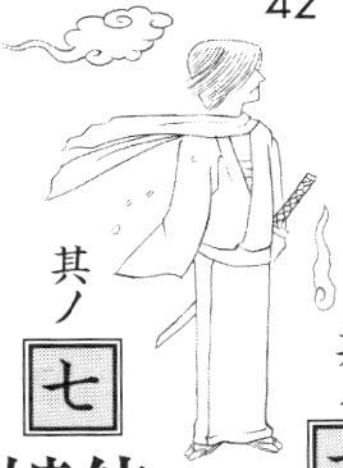

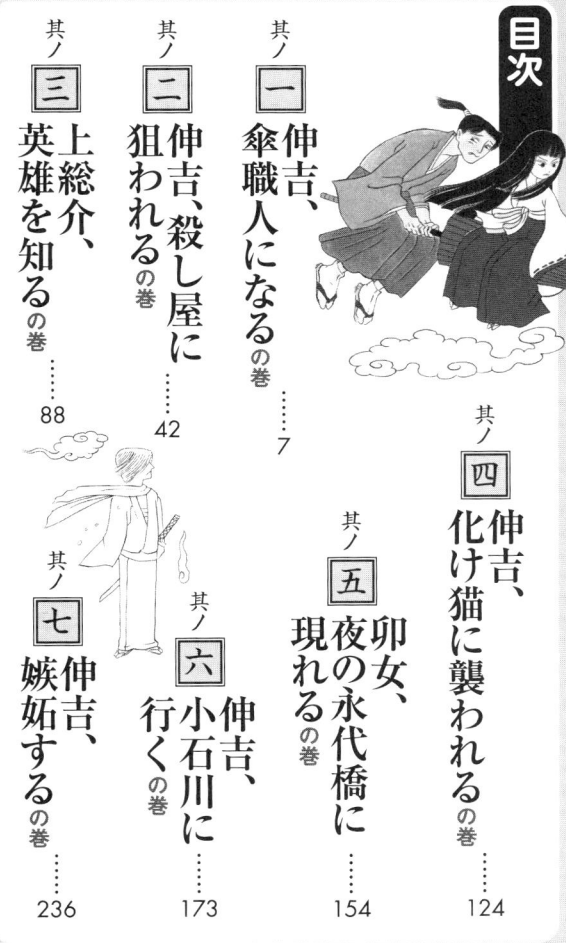

其ノ一　伸吉、傘職人になるの巻

1

雨の降らない六月のことだった。

本所《ほんじょ》深川の貧乏寺子屋の師匠である伸吉《しんきち》の日常は忙しい。もう二十歳《はたち》をすぎたというのに、いまだに独り身で、掃除と洗濯も伸吉の仕事である。

だが、実のところ、伸吉は炊事洗濯の類《たぐい》が苦手ではない。

今は寺子屋の師匠をやっているが、つい昨年まで寺子屋の師匠をやっていたのは祖母の卯女《うめ》であり、伸吉は働くことなく卯女に養ってもらっていた。

もちろん、ただで養ってくれる卯女ではない。

「食事の用意くらいするんだよ」

「掃除は伸吉《おまえ》の仕事だからね」

「味噌《みそ》が切れているじゃないか」

と、伸吉に家事一般を仕込んだのだった。

しかも、伸吉は至って細かい性格で、朝夕と掃除をしないと気が済まない。

この日も、子供相手の寺子屋が終わり、しばらく昼寝した後、竹箒《たけぼうき》を片手に庭を掃《は》き始めた。

怠け者というやつは、普段、のんべんだらりと暮らしているくせに、いったん何かをやりだすと、思いのほか、熱中してしまうようにできている。この伸吉も例外ではなかった。

すっかり暗くなってしまったというのに、額に汗して掃除を続けている。

寺子屋の庭には古い涸《か》れ井戸があって、「近づいてはならない」と卯女に言われ続けてきた。

「あそこには悪鬼が棲《す》んでいるんだよ。ぱくりと食われちまうよ」

だから、涸れ井戸には近づかないようにしていた。

しかし、この日にかぎっては涸れ井戸がやけに目についた。

「おかしいねえ……」

と、首をひねっているのは、今さら嫁のいないことを悩んでいるわけではない。涸れ井戸のすぐ隣に鮮やかな紫陽花《あじさい》が咲いていたのである。雨が一粒も降らないのに、見事な花を咲かせ、枯れる気配もない。

庭先に紫陽花など植えたおぼえも種を蒔《ま》いたおぼえもなかった。それどころか、今の今まで見た記憶もない。

その紫陽花につられて、涸れ井戸の周囲をちらりと見ると、雑草が生えていて目障りだった。今まで放っておいたのだから、今さらであるのに、掃除をしているとなると、その雑草が気になって仕方ない。

「掃除してやるんだから悪鬼は出てこないよねえ……」

と、涸れ井戸の方へおそるおそる近づいてみた。耳をすますと、

ひゅうどろどろ――

――と気味の悪い音が聞こえてきた。

伸吉は慌てて涸れ井戸から離れ、「ひゅうどろどろ」に背中を向け、わざとらしく竹箒で庭を掃く。

しばらく涸れ井戸から離れたところを掃除していたが、やはり井戸のまわりが気になって仕方がない。

「さっきのは聞き間違いだよね……」

と、わざわざ口にすると、再び、伸吉は井戸の近くを掃除し始めた。

気の弱い男が意地を張るとろくなことにならない。

いきなり静かになったと思った次の瞬間、涸れ井戸から、

にょろり――――

――――と、細長い白骨の腕が現れた。

見れば、剣呑《けんのん》なことに、腕にあるはずの肉がまったくついていない。腕の骨だけで身体《からだ》もなかった。言ってみれば、腕骸骨《うでがいこつ》である。

その腕骸骨が、そろりと仲吉の頰《ほお》を撫《な》でた。

「ひえぇぇーっ」

口から悲鳴が飛び出し、へたりと腰が抜けた。逃げなければならないのに、これでは動くこともできない。

「やめておくれよっ。お願いだから、あっちへ行っておくれよっ」

仲吉は涙を流さんばかりにして頼み込むが、耳がないのがいけないのか、腕骸骨は言うことを聞いてくれない。

「近くに来ないでおくれよっ」

しかし、腕骸骨は遠くへ行くどころか、どこからともなく三日月形の大鎌《おおがま》を持ち出すと、仲吉目がけて、ひゅっと振り下ろした。

腰が抜けている上に、何の前触れもないのだから、三日月形の大鎌を躱《かわ》すどころではない。

ぱらりの音と一緒に、仲吉の髪の毛が寺子屋の庭に散った。

「はう……」

あまりの出来事に仲吉は口をきくこともできず、死にかけた金魚のように口をパクパクさせるだけで精いっぱいだった。

再び、腕骸骨は三日月形の大鎌を振り上げる。

と、そのとき、
ぱんッ――――

――と、乾いた音が耳を打った。

腕骸骨の手首が砕け散り、三日月形の大鎌ごと涸れ井戸の中へ、ひゅうと落ちていった。

硝煙《しょうえん》のにおいが漂う中、赤い唐傘《からかさ》が、
ぱらり――――

――と、大輪の花のように開いた。

その大輪の花の向こうに、白い着物に赤い袴《はかま》を身につけた髪の長い娘が立っていた。右肩に握りこぶし程度の小ガラスを乗せている。

髪の長い娘――小風《こかぜ》は伸吉に言う。

「寺子屋の師匠のくせに、〝君子危うきに近寄らず〟という諺《ことわざ》を知らぬのか？　まあ、おぬしは君子という柄ではないがな」

いきなり馬鹿にされている。この小風という娘は幽霊で、しかも伸吉の寺子屋に棲みついてしまっている。言ってみれば、幽霊の居候《いそうろう》である。

しかも、伸吉のことを馬鹿にしているのは小風だけではない。

「カアー？」

と、小風の右肩に乗っている小さなカラス――八咫丸《やたまる》までが、伸吉を馬鹿にしたように鳴いた。

――助かった。

そう思ったとたん、口がきけるようになった。

「小風が助けてくれたの？」

「違う」

素っ気ない口振りで言うと、小風は伸吉の視線を遮《さえぎ》っていた赤い唐傘を、ぱらりん――

――と、閉じた。

不意に視界が開け、鉄砲を持っている男の姿が見えた。男は、髷《まげ》こそ結っているものの、南蛮《なんばん》渡来のビロードのマントをつけ傾《かぶ》いた恰好《かっこう》をしている。

「いい腕をしておるな、上総介《かずさのすけ》」

小風が上総介――織田信長に声をかける。

「ふん」

と、鼻を鳴らすと、上総介は本所深川の闇の中へ消えていった。〝天下布武《てんかふぶ》〟を掲げ、小大名から上洛を果たしただけあって、小娘の幽霊ごときに褒められてもうれしくないのだろう。

小風がきりりとした目で伸吉を睨《にら》みつける。

「井戸へ近づくなと言ったはずだ」

まるで子供に言い聞かせるような口振りだ。

「そんなに死にたいのか？　馬鹿師匠」

小風の言うことも大げさではない。

伸吉の祖母の卯女が幽霊たちを扱き使い、恨みを買ったままあの世とやらへ行ってしまったため、残された唯一の子孫《こ》である伸吉がその恨みを一身に受けているのだった。おかげで、迷惑極まりないことに、毎日のように幽霊に襲われている。

ただでさえ古い井戸は現世《うつしよ》の恨みや悲しみが集まりやすくできていて、成仏できない幽霊には恰好の棲み家であるという。

その井戸へ幽霊たちの恨み辛《つら》みを背負っている伸吉が近づくのだから、たまったものではあるまい。

小風が助けてくれなければ、とうの昔に幽霊の仲間入りをしているところである。

「どうしてあたしばかりが」

と、伸吉は嘆くが、小風は冷たい。

「卯女の孫に生まれたのだから仕方あるまい」

「あのねえ……」

何か言い返してやろうと思ったが、寺子屋の師匠のくせに口べたにできている伸吉は言葉に詰まる。

「なんだ？　言いたいことでもあるのか？」

「カアー？」

仲吉のことを舐《な》めているのか、居候のくせに態度がでかい。

しかも、小風ときたら、

「ふむ。居候は腹が減っておる」

と、勝手に仲吉の心を読むのだ。

——油断も隙《すき》もあったものじゃない。

そんなことを思いかけた瞬間、いきなり、ぽかりと唐傘で頭を叩《たた》かれた。涙ぐんでしまうほど痛い。

「何するんだい？」

文句を言っても、小風は涼しい顔で言うのだった。

「隙があったから教えてやったまでだ」

「カアー、カアー」

小風の言葉を聞いて、八咫丸が笑っている。

2

翌朝のこと。

「はあ」

伸吉の口からため息がこぼれ落ちる。お天道様《てんとう》が昇り、本所深川の貧乏寺子屋にも心地よい朝がやってきたというのに、憂鬱《ゆううつ》で仕方なかった。

〝こんにゃく師匠〟と呼ばれている伸吉は、くねくねと下らぬことでよく悩む。寺子屋に勝手に棲みついた娘の幽霊やら金欠やらと、悩みはつきない。

しかし、今日にかぎっては、頭痛の種は幽霊でも金欠でもない。

寺子屋に新しい手習い子が入ってくる。それが憂鬱で仕方ないのだ。

「困ったねえ」

伸吉のため息を聞いて、八咫丸が不思議そうな顔を見せた。

「カアー？」

ちなみに、この八咫丸は、お天道様が顔を出すと寝てしまう幽霊の小風やしぐれと違って、昼の光が苦手なわけではない。気が向けば、昼でも夜でも起きている。

この日も八咫丸は起きていたが、小風が寝ているということもあって暇を持て余しているらしく、伸吉の肩にちょこんと乗り、しきりに首を傾《かし》げている。

寺子屋の師匠で生計《たつき》を立てているのだから、手習い子が入ってくることは喜ばしいはずだ。

しかも、このところ、梅雨の季節だというのに、本所深川は雨が降らず水不足となっていた。飲み水はもちろんのこと、野菜なども値上がりし、ただでさえ苦しい生活がいっそう苦しくなっているのだ。

正直なところ、手習い子の入門料は咽喉《のど》から手が出るほど欲しい。

それなのに、伸吉は気が重くて仕方がない。

「仕方ないよねえ。はあ……」

と、何度目かのため息をつきながら、伸吉は寺子屋の教場へ向かった。

いつもうるさい子供たちが、この日にかぎっては、教場の入り口の前で耳をそばだてても、物音ひとつ立ててない。

しん――
――と、静まり返っている。

(やっぱり、こうなるよね……)

またしても口からため息が飛び出した。ただでさえ重かった気が、いっそう、ずっしりと重くなる。

できることなら逃げ出してしまいたかったが、まさか寺子屋の師匠が手習い子たちを置いて逃げるわけにはいかない。

――待っていてもどうにかなるものではない。

仕方なく、寺子屋の教場の戸をがらりと引いた。

とたんに、それが目《い》に飛び込んできた。

大人――それも伸吉の祖父と言っても過言ではない年恰好の職人風の年寄りが、いちばん前の席に座っている。

何をやっているのかと覗《のぞ》き込めば、短く刈った白髪《しらが》頭にねじり鉢巻きを締め、真《ま》面目《じめ》な顔で『いろはの教科書』をめくっている。八、九歳くらいの子供たちばかりの教場で、白髪頭はひどく目立つ。

子供たちの視線が伸吉に集まる。

――あのじいさんは誰だ？

子供たちの目はそう言っていた。

視線に押し出されるように、伸吉はおずおずと年寄りに声をかけた。

「あの……、傘平《かさへい》さん……」

我ながら蚊の鳴くような声である。

年寄り――傘平は、耳も達者らしく、伸吉の声を聞くと、大声で返事をした。

「あッ、これは師匠ッ」

江戸の職人らしく無駄に威勢がいい。背筋もぴんと伸びている。どこをどう見ても、〝こんにゃく師匠〟と呼ばれている伸吉よりも威厳がある。

「〝いろは〟っていうのは奥が深いねえッ」

分かったような分からないようなことを言って、一人で勝手に心得たかのように、うなずいている。

本気で寺小屋に通うつもりですか――。そう言いたかったが、傘平の真面目な顔を見ると言葉が出てこない。

同じ本所深川の町人として、伸吉は傘平の実直な性分を嫌というほど知っている。頑固一徹。一度決めたことを曲げるわけがない。しかも、冗談やふざけ半分で、子供だらけの寺子屋に通おうとする男ではない。

（でもねえ……）

傘平が真面目なほど伸吉は困ってしまう。

*

昨日、人の子相手の寺子屋が終わり、誰もいなくなった教場の掃除をしているときのことだった。
伸吉が机に雑巾《ぞうきん》をかけていると、
とんとん――

――――と戸が叩かれた。

幽霊が訪ねてくることも多い寺子屋であったが、まだお天道様は沈んでいない。幽霊の出る時刻までは間がある。

「はい、今、開けますよ」

と、伸吉は気楽に返事をして、がらりと戸を引いた。

そこには見知った顔の年寄りが立っていた。

「あれ？　傘平さん？」

祖母の卯女が辻斬《つじぎ》りに殺されてから、もうすぐ一年の歳月が流れる。去る者は日々に疎しというけれど、いまだに卯女のことを忘れず、線香を上げに来てくれるものもいる。

「傘といえば傘平でござい」でお馴染《なじ》みの本所深川の傘職人・傘平じいさんもその一人であった。

卯女ときたら、雨の方が避けて通りそうな強面《こわもて》の老婆であったくせに、顔に似合わず唐傘が大好きで、気が向くと傘平の店で新調していた。

傘平と卯女は伸吉の生まれる前からの付き合いであったと聞く。卯女は本所深川で生まれ育った寺子屋の師匠の娘であるが、代々、寺子屋の師匠の家柄ではない。

遠い昔、卯女の父は八丁堀の与力であったが、そのころ江戸を騒がせていた人殺しを取り逃がして、その責めを負いお役目を退《ひ》いた後に、寂《さび》れた寺子屋を買い取り、師匠を始めたと聞いている。その寺子屋にほんの少しの間だけ通っていたのが傘平であったらしい。

どこまで本当か分かったものじゃない年寄り連中の噂《うわさ》に耳をそばだてると、傘平は卯女に惚《ほ》れていて、結婚を申し込んだこともあるというのだ。

「あっしが振られたんですぜ」

と、傘平は言うだけで、卯女とのことを話そうとしない。

いつものように仏壇に線香を上げると、不意に傘平は切り出した。

「若師匠、あっしを弟子にしてくれねえかねえ？」

思いも寄らぬ言葉に伸吉は驚く。

「え？　あたしが傘平さんに傘作りを教えるんですか？　あたしは傘なんぞ作れま

せんよ」

「違いますよ、師匠」

傘平は皺《しわ》の多い顔に苦笑いを浮かべる。

「今から、あっしが傘作りの修業をしたって仕方ねえでしょう」

――その通りだ。

傘平は江戸で指折りの傘職人である上に、とうに隠居している。今さら修業でもあるまい。

伸吉に傘平は言葉を続ける。

「傘ばかり作ってきたおかげで飯の食える職人にはなれやしたが、自分《てめえ》の名前も満足に書けねえんです」

それほど珍しい話ではない。夜の寺子屋に通ってくる幽霊たちにも無筆は多い。誰も彼もが寺子屋に通えるわけではないのだ。

「隠居して暇を持て余しておりやす。師匠の寺子屋に入れておくんなせえ」

と、傘平は短く刈った白髪頭を下げるのだった。

「そんな……」

どうしていいのか分からない伸吉に、傘平は駄目を押すように言う。

「寺子屋《てらこや》で勉強すればいいって、卯女婆さんが死ぬ何日か前に、あっしに言っていましたぜ」

また、卯女が勝手な約束をしたらしい。なぜ、傘平にそんなことを言ったのか、伸吉には見当もつかない。

傘平は言葉を続ける。

「銭なんぞ払わなくていいから、その代わりに、孫に唐傘作りを教えてやってくれって言ってやした」

伸吉の脳裏に、小風の赤い唐傘が思い浮かんだ。

「まさか」

小風が寺子屋に棲みついたのは、ただの偶然だと思っていたが、どうもそうではないような気がしてきた。

――卯女は何かを知っている。

しかし、肝心の卯女は死んでいる。成仏したらしく幽霊になって化けて出てくることもなかった。祖母の知っている何か、、が何なのか、伸吉には想像もつかない。

仲吉の顔を見て、傘平は色恋沙汰《ざた》絡みと勘違いしたのか、「納得したぜ」とばかりに威勢のいい声で言った。

「傘のひとつも直せねえ男は女にモテねえですぜ、師匠」

3

昼間に人の子相手に寺子屋の師匠をやっている仲吉であったが、気づいたときには小風に丸め込められ、幽霊相手の夜の寺子屋までやることになっていた。

夜の寺子屋には、猫骸骨《ねこがいこつ》のような動物の幽霊もやってくる。

人であれば向き不向きはあるとしても、一月《ひとつき》、二月《ふたつき》と師匠について学べば、たどたどしいながらも平仮名くらいは書けるようになる。文字というやつはそれほど難しいものではない。

しかし、平仮名というやつは言うまでもなく人の言葉で、動物の幽霊には敷居が高いらしい。

真面目な幽霊たちのことで、怠けることなく寺子屋に通ってくるが、動物の幽霊

――例えば、虎和尚《とらおしょう》・狼《おおかみ》和尚などは仲吉の話を聞くだけで、文字の練習はすっかり諦《あきら》めてしまっているようにすら見える。

（あたしが犬や猫の言葉をおぼえるようなものだからねえ）

と、諦めることにかけては天下一品の仲吉は、動物の幽霊たちが平仮名を書けるようになることを半ば諦めていた。

一方、動物の幽霊たちにしても、百年二百年と現世を彷徨《さまよ》っているわけだから、焦って何かをしようという考えがなく、のんびりとしている。

「あと百年もすれば書けるようになりましょう。御心のままに。南無阿弥陀仏、南無阿弥陀仏」

「あのねえ……」

連中が平仮名をおぼえるより先に仲吉の方がお陀仏になりそうである。

そんな中で、一匹だけ、何かに追われるように目を三角にして平仮名の練習をしているものがいた。

「まだ書けるようになりませんにゃ」

――猫骸骨だ。

普段は仲吉とどっこいどっこいの呑気者のくせに、平仮名の練習となると目を吊《つ》り上げる。殊にこのころは、弟分のチビ猫骸骨そっちのけで不自然なほど入れ込んでいる。

仲吉をつかまえては文字の書き方をしつこく聞くのだ。

「ぜんぜん書けませんにゃ。仲吉師匠、早く書けるようにしてくださいにゃ」

と言われても難しい。

当然の話だが、猫の手は筆を持つようにはできておらず、猫骸骨にしても文字を書くどころか、筆を持つだけで手いっぱいなのだ。一生懸命はよいのだが、ここまで必死だと外見が骨だけに痛々しい。

猫骸骨は焦りに焦って、顔中を墨だらけにしている。

「みゃあ……」

チビ猫骸骨が心配そうに見ている。

「やっぱり書けませんにゃッ」

仲吉は猫骸骨に言ってみる。

「慌てなくてもいいいと思うんだけどねえ……」

この仲吉の言葉が気にさわったらしく、猫骸骨はシャーッと牙《きば》を剝《む》き出しにした。

そして、怒鳴りつけるように仲吉に言う。

「仲吉師匠には分からないにゃ。師匠は馬鹿にゃッ。死んじゃえばいいにゃッ」

そんな台詞《せりふ》を残して、寺子屋から飛び出してしまった。

「…………」

しらけた沈黙が夜の寺子屋を包み、幽霊たちの咎《とが》めるような視線が仲吉に集まった。

中でも、チビ猫骸骨は親の敵を見るような恨みがましい目で、仲吉のことを睨みつけていた。

「あたしが悪いのかい？」

「みゃあ！」

「だって……」

「みゃあッ」

「あたしは何もしていないよッ」

「みゃあッ」

「どうして、あたしばっかり……」

と、伸吉が言っても聞いてくれない。みゃあッ、みゃあッと一方的に伸吉のことを責めるのだった。

そんなふうに、チビ猫骸骨に言い負かされていると、伸吉の頰を、
ひゅうどろどろ――

――と、生暖かい風が撫でた。

「何を騒いでおる。うるさくて夜寝もできぬではないか」

欠伸《あくび》を嚙《か》み殺しながら、右肩に八咫丸を乗せた小風が寺子屋に入ってきた。

「みゃあ！」

と、チビ猫骸骨が小風のそばまで走り、ぴょんと左肩に乗ると、「みゃみゃあ、みゃあみゃあ」と言いつけている。

小風はチビ猫骸骨の言葉が分かるらしく、「ふむふむ」と耳を傾けていた。小生意気なことに、八咫丸までしたり顔で聞き耳を立てている。

小風が伸吉に言った。

「馬鹿師匠が悪いな」

「カアー」

「そんな……」

伸吉は納得できない。

意地の悪い小風のことだから、例によって伸吉を玩具《おもちゃ》にしているのだろうか――。

そんなことを、ちらりと考えたとたん、ぽかりと唐傘で叩かれた。

相変わらず小風ときたら、手加減を知らないらしく、頭が割れるほど痛い。しかも、またしても勝手に伸吉の心を覗き込み、無体なことを言いだした。

「人の頭がそんなに簡単に割れるわけがなかろう。それとも、おぬしの頭は西瓜《すいか》なのか？」

（本当に性悪な幽霊だねえ）

と、思いかけたとたん、今度は、ぽかりぽかりと二度も叩かれた。

あまりの痛さに頭を抱えていると、小風の無慈悲な声が飛んできた。

「性悪などと人聞きの悪いことを言うでない。失敬な男だ」

「だって――」

本当に性悪じゃないか、と言いかけたところ、小風の目がぎろりと伸吉を睨んだ。

「ごめんなさい」

思わず謝ってしまった。

小風は「うむ。許してやろう」と満足そうにうなずくと、話を元に戻した。

「おぬしは何を考えて寺子屋の師匠をやっているのだ？」

「何って――」

伸吉の脳裏に、色っぽい着物姿の小風が思い浮かんだ。このまま寺子屋の師匠をやっていれば、小風がなし崩しに嫁になってくれるかもしれない。伸吉の妄想の中で小風が「お疲れさま、おまいさん」などと言いながら膝枕《ひざまくら》をしてくれている。

「……おぬしは本物の馬鹿なのか？」

小風が呆《あき》れている。

例によって、八咫丸が小風の尻馬に乗って「カアーッ」と鳴いたが、伸吉の耳には「馬鹿ーッ」と聞こえた。

――気のせいだよね。

伸吉はそう思い込むことに決めた。カラスにまで馬鹿と言われてしまっては、これからの人生が辛すぎる。

そんな伸吉を見て、小風はため息をついた。

「猫骸骨のことを何も知らぬのか？」

「知っているよ。やさしい子だよねえ」

少なくとも小風よりは伸吉にやさしい。

小風は伸吉の言葉を聞いて意地悪そうに笑う。

「幽霊の類を信じると痛い目に遭うぞ」

小風の言っていることも分かる。

幽霊が成仏しないのは、この世に思いを残しているからである。そして、その思いとやらは、人への恨み辛みであることが多い。

今さらながら伸吉は聞く。

「どうして、猫骸骨は成仏しないのかねえ？」

「さあな。人の子に恨みでもあるのかもしれぬな。雨が降らぬのも猫骸骨の呪《のろ》いかもしれんぞ」

「そんな――」

と、小風に言い返そうと思ったとき、
ちゃりん、ちゃりん……――

――と、耳障りな音が聞こえてきた。その音と一緒に、

「一枚、二枚、三枚、四枚……。もう一枚欲しい」

と、銭を数える幼い娘の声がしている。

見れば、幼女の幽霊が唐草模様の巾着《きんちゃく》袋に貯め込んだ小銭を寺子屋の畳の上にぶちまけて、ちゃりんちゃりんと数えている。

銭の音というものは思いのほか大きく響くもので、静かな夜に聞くと、それなりにうるさい。

「静かにしておくれよ、しぐれ」

無駄だと知りながら伸吉はしぐれに注意する。

この銭にがめつい幼女の幽霊――しぐれも、小風や八咫丸と同様に、なぜか伸吉

の寺子屋に棲みついている。

しかも、このしぐれ、注連縄《しめなわ》よりも図太い神経を持っているのか、伸吉どころか小風が「うるさい」と注意しても聞く耳を持たず、唐草模様の巾着袋に貯め込んだ銭をひたすら数え続けるのだ。

さらに驚いたことに、本所深川に散らばっている幽霊たちを手下にし、永代橋のたもとで〝唐傘しぐれ一座〟を名乗って金儲《かねもう》け三昧《ざんまい》の日々を送っているのである。

その九歳児の幽霊のしぐれが、伸吉と小風の会話に口を挟んだ。

「やりかねませんわ」

「え？」

意地悪が板についている小風はともかく、しぐれの言葉は意外だった。猫骸骨は〝唐傘しぐれ一座〟の座員である。しぐれとも仲がいい。

伸吉はしぐれに聞いてみる。

「猫骸骨と喧嘩《けんか》でもしたのかい？」

「喧嘩ではありませんわ。一方的に恨まれているみたいですわ」

と、しぐれは肩を竦《すく》める。

しぐれの兄の熊五郎《くまごろう》は八百屋に奉公している。雨が降らなければ、八百屋は潰《つぶ》れ、熊五郎が困るのは明らかである。しぐれへの恨みを晴らすために、猫骸骨が何かの術を使って雨を降らぬようにしている、としぐれは言いたいらしい。

「そんなに恨まれるようなことをしたのかい？」

仲吉は聞くが、しぐれはため息をつくばかりで答えようとしない。

「困った連中だな」

小風が独り言のようにつぶやいた。

4

傘職人の修業はすぐに始まった。

何しろ傘平は隠居して暇を持て余している。年寄りの朝は早いというけれど、傘平は仲吉に傘作りの技を仕込むため、お天道様が顔を出す前に寺子屋にやって来る。

「いろはの勉強の前に傘作りってのも乙でしょ」

と、分かったような分からないようなことを言いながら仲吉をしごくのだ。

伸吉の傘作りの修業は傘の骨作りから始まった。

「唐傘ってやつは一本の竹を細工してできるもんなんですぜ、師匠」

竹以外の材料を使う傘屋もあるらしいが、傘平の店では、丸竹一本を傘の骨数に合わせ三十本に割って一本の傘とする。

伸吉は傘平の厳しい教えの下、竹を切ったり削ったりと大汗をかいている。

「女ってやつは、自分のできねえことをしてくれる男に惚れるもんですぜ」

傘平は根拠のなさそうなことを自信たっぷりに言う。

「考えてみなせえ、師匠。大切な傘が壊れたときに、颯爽《さっそう》と修理してくれる男に惚れねえ女がいると思いますかい？」

伸吉は簡単に丸め込まれ、おのずと修業に力が入った。夜の寺子屋の始まる前でも、かまわぬ柄の手拭《てぬぐ》いなんぞを締めて竹を削り続けた。

「道具に慣れることが上達の近道ですぜ」

そんな傘平の言葉を伸吉は信じ、寺子屋の師匠をやっているときでも、買い物に行くときでも、傘職人の道具の一つである傘紐《かさひも》と汗止めのかまわぬ柄の手拭いを袂《たもと》に入れて持ち歩いた。

傘平以上に暇を持て余している猫の幽霊二匹がやってきた。

「早く来ましたにゃ」

「みゃ」

猫骸骨とチビ猫骸骨である。

挨拶《あいさつ》もそこそこに竹を切り続けていると、二匹の猫骸骨が伸吉の手先を物珍しそうに覗き込んだ。

「師匠、何をやってますかにゃ？」

「みゃ？」

「修業に決まっているでしょう」

なぜか伸吉は威張っている。ろくに苦労したことのない者の常で、ほんの少しの努力に酔ってしまうのだ。

額に汗している伸吉の姿が珍しいのか、猫骸骨とチビ猫骸骨は無駄に感心している。

「伸吉師匠はすごいですにゃ」

「みゃあ」

豚もおだてりゃ木に登ると言うが、伸吉もすぐに調子に乗る。

「猫骸骨たちも手に職をつけねえと、この世知辛《がれ》え世の中、生きていけねえぜ」

口調まで職人風になっている。しかも、すでに死んでいる幽霊相手に言う台詞ではなかろう。

猫骸骨もチビ猫骸骨も至って素直にできている。伸吉の訳の分からぬ言葉を真に受けて、二匹揃ってきりりとかまわぬ手拭いを締めると、口々に言いだした。

「にゃあたちを弟子にしてくださいにゃ」

「みゃあ」

寺子屋に続いて傘職人に弟子入りするつもりらしい。

「傘職人の道は厳しいぜ。半端な気持ちならやめときな」

伸吉は、いっぱしの職人顔をしている。

「頑張りますにゃ」

「みゃあ」

今にも土下座しそうである。

伸吉は膝を打つと、相変わらずの中途半端な職人口調で言った。

「おめえらの覚悟はよく分かった。それじゃあ、まず竹切りから始めな」

「がってん承知之助にゃ」

「みゃあ」

一人と二匹は揃って、ぎこぎことノコギリで竹を切るのだった。

と、こんなふうに猫骸骨は何事もなかったような顔をしている。伸吉ともいつものようにしゃべった。

しかし、気がつくと、猫骸骨の姿が消えているのだ。そして、そんな日が何日も続いた。

「猫骸骨は何をしているんだろうねえ……」

伸吉が首を傾げていると、どこからともなく、しぐれがやってきて口を挟んだ。

「雨が降らないように呪っているのですわ、きっと」

「まさか」

伸吉には信じられない。

しかし、しぐれは真面目な顔で言葉を続ける。

「世の中には呪符《じゅふ》というものがございますわ、伸吉お兄さま」

呪符くらい伸吉だって知っている。字や絵が書いてあるお札である。それなりに霊力の備わった呪符は不思議なことを引き起こすという。猫骸骨が必死に文字をおぼえようとしているのも、呪符を作るためだとしぐれは言うのだ。

「雨が降らないようにする呪符を作ったに違いありませんわ」

ちらりと見ると、しぐれは〝死の帳面〟という絵草紙を持っている。どうやら影響されたらしい。

「猫骸骨が文字をおぼえればおぼえるほど、呪いはひどくなりますわ。雨が降らないくらいでは済まなくなります、伸吉お兄さま」

しぐれの言うことが本当なのか、伸吉には分からない。

そして、相変わらず本所深川に雨は降らなかった。

其ノ二　伸吉、殺し屋に狙われるの巻

1

　伸吉の寺子屋には幽霊が棲みついている。人に色々あるように、幽霊にも色々あるようで、親の敵のように伸吉を襲う幽霊どもも少なくない。

「諦めろ、運命というやつだ」

　と、小風は素っ気なく言うが、そう簡単に諦められるものではない。

　卯女への恨み辛みを伸吉が引き継いだと言うが、こんなに幽霊どもに襲われるようになったのは、ごく最近――そう、小風や八咫丸が寺子屋にやって来たころからであるように思える。

考え始めると気になるもので、暇さえあれば伸吉は首をひねっていた。

「おかしいねえ……」

「そうか、おかしいか。そいつは大変だな」

「カアー」

そんな話をしながら、二人と一羽で寺子屋の庭を歩いていると、とことこと足音が聞こえてきた。

「ん？」

見れば、板のようなものを抱えて急ぎ足で歩くしぐれの姿があった。珍しく、やけに慌てている。

何をやっているんだろうねえ——。そう言いかけたとき、小風の手が飛んできて口を塞《ふさ》がれた。

「ひゃに？」

何が起きたのか訳の分からない伸吉の耳元で、小風は言う。

「静かにしろ」

すぐ近くに小さく可愛い小風の顔がある。娘の幽霊から漂う桃のような甘いにおいが、伸吉を包んだ。

傍《はた》から見れば口を塞がれているだけだが、伸吉にしてみれば小風に抱きつかれているように思える。

「ほんにゃところで、ひゃにすんだよ」

と、言ってみたが、口を塞がれているので、ふがふがと何を言っているのか自分でも分からない。

それでも小風には通じたらしく、またしても、ぽかりと唐傘で頭を叩かれた。この娘の幽霊ときたら器用なことに、左手で伸吉の口を塞ぎ、右手で唐傘を操るのだ。

――そこらの人さらいより凄腕《すごうで》である。

「誰が人さらいだ」

考えたそばから心を読まれ、再び、唐傘で頭を叩かれた。今日はいつもより余計に叩かれているような気がする。

それはそれとして、問題はしぐれである。

いつも傍若無人なしぐれなのに、どことなくこそこそしている。

「金欲しさに、とうとう盗みに手を出したか」

小風は勝手に決めつけているが、しぐれが手にしているのは古びた板きれ一枚だ。そんなものを盗んだところで金になるとは思えない。

「しかし盗みは盗みだろう」

と、小風は言うが、どう考えても盗まれて困るようなものではない。

おそらくは、寺子屋の納屋から持ち出したのだろうが、伸吉が生まれる百年以上も昔からある建物だけあって、納屋を漁《あさ》ると古い人形やら壊れた机やらが、わんさと出てくる。欲しければ勝手に持って行けばいいのだ。

現に、しぐれは納屋から、おんぼろ唐傘を発掘して、永代橋でのいんちき見世物の小道具として勝手に使っている。今さら、こそこそする必要など少しもない。

「ふむ。それも一理ある」

「カアー」

そのまま考え込むかと思われたが、小風は伸吉と違い行動的にできている。

「つけてみるか」

と、伸吉を放り出した。

それから、右手首の赤い紐をしゅるりと一本だけ解《ほど》き、自分の髪を後ろで縛った。

まるで馬の尻尾《しっぽ》を後頭部にくっつけたような髪型になる。

さらに唐傘に横座りすると、小声で何やら異国の呪文のようなものを唱えた。

「アブラカダブラ」

すると、とたんに赤い唐傘が、

ふわり――――

――――と、腰の高さほどに浮いた。


「馬鹿師匠は一緒に来ぬのか？」

そんな小風の言葉を聞いて、伸吉も慌てて唐傘に飛び乗った。

それを待っていたかのように、赤い唐傘が長屋の屋根の高さまで浮き上がる。

「これなら見つからぬだろう」

小風はつぶやいた。

性悪幽霊だけあって、小風は悪知恵が働く。

いくらしぐれでも、この距離で伸吉と小風が後をつければ気づくに決まっている。

しかし、その点、空からであれば、まず気づかれることはない。人は滅多に真上など見ないものだ。

「あそこで何かやっておるぞ」

小風に言われるまでもなく、しぐれの姿が見えた。寺子屋の門の前で、何やら、がさごそとやっている。見れば、納屋から持ち出したらしき板きれを門の前に立てかけているようだ。

——ますます訳が分からない。

角度が悪いのか、空からでは何の板きれなのかも分からなかった。

「降りてみるとするか」

小風が言いだす。

「ちょ……」

止める間もなく、るるると赤い唐傘が大人の背丈くらいの高さまで下降する。これでは何のために空を飛んだのか分からない。相変わらず小風は短気で自分勝手にできている。

「これ、しぐれ、何をしておる」

何の躊躇《ためら》いもなく、小風が声をかけた。

「ひっ」

一瞬、しぐれはどこから声をかけられたのか分からなかったらしく、きょろきょろと狼狽《ろうばい》している。

「ふ、愚か者め」

よく分からないが、小風はしぐれの狼狽を見て満足したらしい。

「ここにおる」

と、小風は赤い唐傘から飛び降りると、しぐれの目の前に仁王立ちした。

「あうっ、小風お姉さまっ」

しぐれの身体がびくりと震え、慌てふためいた素振りで、板きれを自分の小さな身体の陰に隠そうとする。

だが、いくら、しぐれが頑張ったところで、しょせんは九歳児である。

「退《ど》け」

と、小風はおもちゃの人形でも扱うように、しぐれの身体を持ち上げると、簡単に横に退かしてしまった。

板きれが丸見えになる。

ただの古びた板きれではなく看板のようだ。店の名なのか、流麗な筆跡で文字が書かれている。

「ん？」

目を凝らして見ると、

〝うらめしや〟

と、墨で鮮やかに書かれていた。

さらに、そのすぐ下に、しぐれが書き加えたらしき小さな文字が見える。九歳児だけあって、こちらは達筆とは言い難い。

それでも読めないことはない。

〝よろず相談所〟

「うらめしや？　よろず相談所？」

読めることは読めたが、何のことやら伸吉には分からない。

百歩譲って〝よろずや〟なら分かる。犬の散歩から井戸さらい、はては人さがしまで請け負う何でも屋のことだ。

しかし、〝うらめしや〟と言われても意味が分からない。

ちらりと小風を見ると、なぜか急に黙り込んで看板の〝うらめしや〟の文字を見て固まっている。

黙り込んでしまった小風が怖いのか、ばつが悪そうにしぐれが口を開いた。

「永代橋のたもとで稼げなくなりそうなのでございます」

「カアーッ」

それまで呑気に話を聞いていた八咫丸が、怯《おび》えたように悲鳴を上げた。そそくさと小風の背中に隠れる。

——永代橋のたもと。

その言葉をしぐれの口から聞くだけで、嫌な予感でいっぱいになる。そう思ったのは伸吉だけではなかったらしい。

「まだ見世物をやっておるのか？」

小風が苦い顔を見せた。

永代橋のたもとには、火除《ひよ》けのための空き地があり、昼間は大道芸師や手妻《てづま》師、奇術師などがやってくる。人の子のくせに、ろくろっ首や化け狐《ぎつね》、猫娘に扮して見物料を集めている。本物の化け物でないことを知りながら、物好きな江戸っ子たちが、わいわいがやがやと集まってくるのであった。

夜になると木戸が閉まり、人の子たちは家から出なくなる。その人の子の代わりに町を、ふらふら、ひらひらと彷徨うのが幽霊たちである。

地獄の沙汰も金次第というだけあって、幽霊たちはいつ地獄に堕《お》とされてもいいように、けっこうな小銭を貯め込んでいる。

その懐《ふところ》を狙《ねら》って、昼間の大道芸師の真似《まね》をしているのが、しぐれであった。おんぼろ唐傘を片手に〝唐傘しぐれ〟を名乗って、善良な幽霊たちの小銭を掠《かす》め取る阿《あ》漕《こぎ》な商売をしている。

人の子であれば、阿漕ないんちき大道芸など、噂になった時点で近寄らない。しかし、幽霊たちには娯楽がなく、騙《だま》されると分かっていながら、唐傘しぐれ一座の大道芸を見るためにやってくる。人ではない連中だけに、見物客も化け物小屋の様相を呈していて、ろくろっ首や化け狐、猫娘、さらには場違いな青い髪の娘と、どちらが見物する側なのか分からない。

そんなわけだから、しぐれのいんちき大道芸にも贔屓《ひいき》の客がついているという。

「あんまり阿漕なことをしちゃ駄目だよ、しぐれ」

無駄と知りつつ、仲吉は注意する。

つい先月も、しぐれときたら、幽霊相手に富籤《とみくじ》の真似事をやって、本所深川中の幽霊たちの身ぐるみを剝《は》いでしまったばかりなのだ。

「地獄に堕ちるぞ」

と、小風が脅す。

しかし、しぐれは聞いちゃいない。自分勝手に商売の悩み事を話し始める。

「このところ、お客様が減ってしまったのです」

「だろうな」

「うん」

「カアー」

異口同音にうなずいた。あんなあくどいことを続けていては、客が逃げだすのも当然のことだ。だが、

「違います。そうではございません」

しぐれは否定する。

「何が違うんだ？」

「唐傘しぐれ一座に商売敵が現れたのです」

永代橋でやっている見世物のことだ。

「すっかりお客様が減ってしまいまして」

しぐれはため息をつく。

「でも、十分稼いでいるじゃないか」

伸吉は言ってやった。しぐれの巾着袋は、はち切れんばかりに銭が詰まっている。

「こんなもの、小銭ですわ」

「はあ……」

その小銭さえ持っていない伸吉としては他に言いようがない。何しろ、二十歳すぎても祖母の脛《すね》を齧《かじ》っていた伸吉である。控え目に見ても、しぐれの方が、ずっとしっかりしている。

「お金を稼ぐためには、ちゃんと商売をしなければなりませんわ。そのためには看板が必要なのですわ」

と、しぐれは断言する。

門前の小僧習わぬ経を読むではないが、日本橋の商人《あきんど》の家に生まれただけあって、しぐれは伸吉なんぞより金儲けに詳しい。

そのしぐれが必要だと言うのだから、看板は本当に必要なのだろう。しかし、

「商売って何をするつもりだい？」

伸吉には想像もつかない。

「だから、幽霊相手の〝よろず相談所〟ですわ」

と、しぐれは看板を指さす。

「はあ」

「情に棹《さお》させば流される。意地を通せば窮屈だ。兎角《とかく》に人の世は住みにくい」

唐突に、しぐれは寺子屋で教えてやったばかりの言葉を口にする。

「でも、あの世も棲みにくくてよ」

つまり、幽霊相手の困り事相談所を始めようというのだ。

しぐれの言いたいことは分かったが、つまりは、この寺子屋にますます幽霊たちがやってくるということだ。

——それは困る。

ただでさえ訳の分からない幽霊の憩いの場所になっているのに、これ以上、集まってしまっては、人である伸吉が住めなくなる。

「あのねえ、しぐれ……」

と言うが、しぐれは聞いていない。

「これでがんがん稼げますわ」

一人で勝手に悦に入っている。

〝よろず相談所〟と言っておきながら、幽霊に棲みつかれた上に、勝手に商売まで始められる伸吉の困り事を解決するつもりはないようだ。

それはそれとして、解せないのは小風の様子だ。

〝うらめしや〟の看板を見てからというもの、なぜか黙り込んでしまっている。

「ねえ、小風――」と話しかけても、「うむ」と生返事をするばかりで、こちらを見ようともしない。

「小風お姉さまも困り事ですの？」

相談に乗りますわよ。算盤《そろばん》を片手に、しぐれはさっそく商売気を出す。

「だからね、しぐれ……」

人の足音が聞こえてきた。誰かが寺子屋の前の道を歩いてきているようだ。

「こんな夜更けに誰だろうねえ？」

臆病《おくびょう》な伸吉はびくびくするが、小風としぐれは平然としている。二人とも幽霊なのだから、同じ幽霊を怖がるはずはないだろうし、今のところ伸吉以外の人の目にも見えないようである。怯える必要もなければ身構える必要もない。

やがて見おぼえのある男の姿が見えた。

「こいつは伸吉師匠じゃありませんか。夜遅くまでご苦労さんでござんす」

足音の主は傘平だった。相変わらず年寄りとは思えないほど元気いっぱいだ。傘平の目には小風やしぐれは見えていない。

「散歩ですか？」

伸吉は聞いてみた。酒を飲んでいるようでもないし、隠居である傘平が夜に出歩く理由など思いつかなかった。

しかし、傘平は首を振る。

「いえ、日本橋で傘職人の寄り合いがありやしてね」

「寄り合いですか？」

そんなものに呼ばれたことさえない伸吉は曖昧《あいまい》に聞き返す。

「最近、雨が降らねえでしょ？」

傘平は真っ白い眉《まゆ》を顰《ひそ》めてみせる。

「雨が降らねえと傘屋はいけねえ。仲間内でも潰れそうな店がいくつもありやして、余裕のある店《もの》が助けてやろうって話なんです」

――なるほど。

雨が降らずに八百屋が困っているのだから、傘屋はもっと困ったことになっているだろう。

ちなみに、伸吉にとって傘平は恩人でもあった。

卯女が殺された後、曲がりなりにも伸吉が寺子屋の師匠をやることができたのは傘平のおかげである。

何しろ、そのとき、伸吉は落ち込んでいた。年寄りの卯女を真夜中に一人歩きさせたことを悔やんでいたのだった。

「若師匠が悪《わり》いんじゃねえよ」

と、傘平は言ってくれたし、八百屋のおかみをはじめ、誰もが伸吉を慰めてくれた。

仲吉なんぞより卯女の方が強いことも分かっているが、たった一人の孫としては簡単に割り切れるものではない。

そして、今も卯女を斬り殺した下手人は捕まっていない。

「おかしな斬られ方をしているぜ。血が一滴も出てねえ。……こいつは魔物のしわざじゃねえか」

と、本所深川一帯を縄張りにする岡っ引きの銀次《ぎんじ》は見立てたが、この男ときたら酒好きで、一年中、酔っ払っているような男なので、どこまで信じていいのか分からない。

卯女が殺されたとき、尺八を吹きながら歩く虚無僧《こむそう》の姿を見たものが何人もいて、人騒がせな瓦版なんぞは、その虚無僧を魔物に仕立て上げ下手人扱いしていた。

小風やしぐれに出会う前なら「魔物のしわざ」と言われても信じなかっただろうが、今はその魔物相手に夜の寺子屋をやっているくらいである。仲吉自身も、おっかない悪霊に何度も追いかけ回されている。

ただ、あの卯女が魔物ごときに殺されるとは思えない。殊に、小風から、卯女が霊力を操り、幽霊たちを手下にしていたと聞いて以来、ますます卯女の死が不可解に思えて仕方ない。

「人に殺されるようなタマじゃなかろう」

小風も言っていた。

とにかく卯女は訳の分からない何かに殺されたらしい。

芝居や講談であれば、卯女の敵討ちと張り切るところだが、役人が見つけられない下手人を伸吉ごときが捕まえられるわけもなく、何の手がかりもないまま歳月だけが流れていった……。

――雨が降らないと、みんな大変なんだねえ。

伸吉は今さらながらに思う。

「まったく、六月だっていうのに、どうして雨が降らねえのかねえ」

傘平はそう言うと、帰って行った。

何となく、傘平が帰って行く姿を見送っていると、今まで黙り込んでいた小風が、看板を見ながら、ようやく口を開いた。

「まだ看板《こんなもの》が残っていたのか」

2

その翌日、傘平相手の授業で疲れ切った伸吉が、寺子屋の庭でぼんやりしていると、どこからともなく子供の膝くらいの大きさのからくり人形が、

カタカタ、カタカタ――

――と、こちらに向かって歩いてきた。

盆の上に小さな茶碗を載せているところを見ると〝茶運び人形〟のようだ。

「へえ、からくりが歩いているなんて珍しいねえ」

寝ぼけ眼で、伸吉は茶運び人形を見た。

江戸ではからくり人形が大流行で、至るところに〝茶運び人形〟や〝弓曳《ゆみひ》き童子〟を看板にした見世物小屋が並んでいた。

珍しくないと言えば、確かにその通りなのだが、それは浅草や日本橋のような盛り場での話で、寺子屋の庭になどいるわけがない。

——誰がどう考えてもおかしい。

普通のものであれば、不思議に思ったり、人によっては警戒するところだが、伸吉の場合、幽霊に慣れすぎて、不思議や怪しいことをおかしいと思わないようになっていた。

「へえ、可愛いものだねえ……」

欠伸混じりに見ていた。

伸吉の声が聞こえたわけでもあるまいが、茶運び人形は伸吉の目の前まで茶を運んできてくれた。

「あたしにくれるのかい？」

呑気に声をかけてみた。

すると、驚いたことに茶運び人形は、こくりとうなずき、茶を差し出したのだった。

いくら伸吉だって、普段なら魂のない人形が返事をすればおかしいと思うところだが、この日は疲れ切っていた。

見知らぬ茶運び人形に愚痴をこぼす。

「このまま雨が降らないと飢え死んじまうよね」

何はともあれ、疲れた身体と心に熱い茶はうれしかった。

「すまないねえ……」

伸吉は茶運び人形が突き出した茶を受け取ろうと手を伸ばしかけた。が、見れば、ぐらぐらと煮立っている。

小風であれば、「暑い日は熱い茶にかぎる」などと言いそうだが、伸吉は風呂でも人生でもぬるま湯が好きだった。できるだけ、熱いものは避けて通りたい。

「後で飲むからね」

と、茶運び人形に断った。その言葉がいけなかったのか、茶運び人形は、地獄の釜《かま》のように煮立っている茶を、伸吉目がけ、
ぶわり――

――と、撒《ま》き散らした。

「あわわっ」

と、情けない声を上げながら必死に躱したが、万事に鈍い伸吉のことで、一滴二滴ほどの茶飛沫《しぶき》が手にかかった。

「熱いッ」

咽喉から悲鳴が飛び出した。

熱い熱いとひとしきり熱がった後で、伸吉は茶運び人形を睨みつけてやった。

「ひどいじゃないか」

「…………」

当然ながら、茶運び人形は返事をしてくれない。

しかし、からくり人形なのだから、どこかに持ち主がいるはずである。伸吉は周囲を見回した。

さがすまでもなく、おかしなものが目に飛び込んできた。

さらさら——

――――と、白い氷が舞っている。

雪。

面妖《めんよう》なことに、六月だというのに雪が空から降り続けている。

夏に雪とは季節外れすぎるが、昔話に耳を傾ければ、まったくない話ではない。

仲吉が目を丸くしたのは、その雪が庭の一画――それも畳半分ほどの狭いところにだけ降っていることである。

――いくら何でも面妖すぎる。

唐《もろこし》の偉人に倣《なら》って、〝君子危うきに近寄らず〟を胸に生きている仲吉であったが、さすがに気になって仕方ない。

おそるおそるではあるが、雪の降る方へ近づいてみることにした。

一歩二歩と近づいたところで、ふと気づいた。さらさらと降り続ける雪の下に、一人の男が立っている。うつむいて何やら、ぶつぶつと文句を言っているようであるが、よく聞き取れない。

「あの……」

伸吉は声をかけてみた。

すると、男は顔を上げた。その顔を見て、伸吉は思わず目を丸くした。

――白いのだ。

江戸っ子は肌の浅黒いものと決まり事のように言われているが、色白の男女などいくらでもいる。いくら伸吉だって、肌の白い男を見ただけで驚きはしない。

しかし、目の前で、何やらぶつぶつ言っている男の肌は白餅《しろもち》どころか白粉《おしろい》のお化けのように真っ白である。

白いのは肌だけではない。髪も着物も真っ白で染みひとつ見えない。降ったばかりの新雪のように白かった。

「ば、ば、化け物……」

伸吉の口から馴染んだ言葉が飛び出した。幽霊ども相手に寺子屋をやっていることもあって、目の前の男が人の子でないことが分かったのだ。

白い男は伸吉をぎろりと睨みながら、訳の分からないことを言った。

「化け物ではござらぬ。殺し屋の幽霊でござる」

さらに、誰も聞いてもいないのに、〝雪灯音之介《ゆきあかりおとのすけ》〟と名乗った。

正確に言えば、音之介は人幽霊とは少しばかり違う。

いわゆる〝雪男〟と呼ばれるものの幽霊であるらしく、仲吉相手には否定したが〝化け物〟の仲間であろう。

3

音之介が殺し屋となったのには理由があった。

寄ってくる幽霊たちの話を聞くと、殺されたり騙されて自殺に追い込まれたりと憐《あわ》れなものである。

「恨みを晴らさないと成仏できないのです」

幽霊たちは口々に音之介に訴えた。

ほとんどの幽霊は無力なもので、ひゅうどろどろと化けて出るくらいしか呪う方法を知らない。

生き馬の目を抜いて食いかねない江戸っ子相手に、ひゅうどろどろなんぞ通用するはずがない。

「また来たのかい？　ちょうどいいや、暑くて困っていたところだ。例のひゅうどろどろを頼むよ」

などと団扇《うちわ》扱いされたこともあったという。

「音之介様、代わりに復讐《ふくしゅう》してください」

泣きつかれるのも当然のことである。

人は食うために働くが、やはりそれだけではないようで、たいして銭にならなくても、求められれば額に汗して働いてしまうようにできている。

人ではない音之介も同じことで、自分に泣きついてくる幽霊たちの話を聞くうちに、幽霊の恨みを晴らす殺し屋になってしまった。

もともと殺し屋の素質のようなものはあった。

音之介は潔癖症というやつで、汚れているものに我慢ができない性分である。世の中、何が汚いかと言えば、人の子以外にない。ましてや他人を殺したり自殺に追い込んだりするような連中は、腐り切っている。

実際、幽霊の依頼を受けて、人を一人殺すたびに、さっぱりと爽快な気分になるのだ。どうやら、音之介は人を殺すのが好きであるようだ。

好きこそものの上手なれとはよく言ったもので、音之介の殺しの腕前はみるみる上達し、評判が評判を呼び、気づいたときには三桁《みけた》の人間を殺していた。

飲まず食わずでも死なないので、永遠に生きるのかと思っていたところ、油断大敵、火がぼうぼう。音之介は火事に巻き込まれて死んでしまった。

この世に未練もなく三途《さんず》の川を渡り、あの世とやらに着くと、地獄の閻魔《えんま》の片腕と名乗る暗夜《あんや》と呼ばれる美しい赤毛の鬼女が現れた。

「百人も殺したのは貴様か？」

と、暗夜は音之介を睨みつけた。

「地獄だ、地獄。さっさと墜ちろ」

蠅《はえ》でも追うように暗夜は宣言を下した。

ここではじめて音之介は暗夜に泣きついた。

「地獄だけは勘弁してくだされ」

暗夜が怪訝《けげん》な顔をする。

「貴様でも地獄が怖いのか？」

百人もの人間を殺したのに、今さら何を言っておるのだ――。暗夜はそんな顔をしている。

音之介は言った。

「怖いのではござらぬ」

「では、ぐだぐだ言わずに地獄に堕ちろ」

面倒くさそうに暗夜は命ずる。

「待ってくだされ」

音之介は縋《すが》るように言うと、必死の形相で言葉を続けた。

「先ほど、三途の川の物売り小屋で地獄絵を見たのでござる」

三途の川の前に物売り小屋を作ったのは、閻魔だという。これから地獄へ堕ちる悪人には案内図として、極楽往生する善人には土産物《みやげもの》として、三途の川の前で地獄絵を売っているのだ。他にも地獄饅頭や閻魔手拭いといったものが人気の商品であるらしい。

ちなみに、音之介の見た地獄絵には、針の山や血の池でぼろ切れのように苦しむ亡者たちが描かれており、「閻魔手拭い」に続く売れ筋商品であるという。

イチオシ商品の話だからなのか、暗夜の顔がほんの少し綻《ほころ》んでいるように見える。

仕事熱心な鬼女なのだろう。

「ほう。あの絵を見たか？」

音之介はこくりとうなずく。

「ひどいものでござった」

思い出すだけでも吐き気がする。

「やはり怖かったのであろう？」

「いいえ、先ほども申し上げた通り怖くはござらぬ」

音之介は正直に言った。雪のように白い肌をしている音之介だけあって、流れている血も雪のように冷たくできているのか、恐れを知らない。

「貴様の言っていることは訳が分からん。――もう、よい。地獄へ連れて行け」

と、脇に控えている手下の鬼たちに命じた。

「やめてくだされッ。あのような〝汚いところ〟には行きたくないでござるッ」

音之介は悲鳴を上げる。

「ほう」

暗夜は興味津々といったふうに音之介を見ている。

「音之介とやら」

はじめて暗夜に名を呼ばれた。

「はい」

「貴様、まさか、地獄に堕ちたくないのは――」

皆まで暗夜に言わせず、音之介は言う。

「拙者、汚いところは苦手でござる」

暗夜は音之介に聞く。

「そんなに汚れたところが嫌いなのか？」

こくりこくりと音之介は必死にうなずく。あんな不潔な場所のことなんぞ思い出すのも嫌だった。

――地獄など行くのなら死んだ方がましでござる。

と、言ってやりたかったが、もう死んでいる。結局、こくりこくりとうなずくより他にない。

しつこくうなずき続ける音之介を見て、「ふむ」と何やら思いついたように暗夜は手を打った。

「では、地獄行きは勘弁してやろう」

「……本当でござるか？」

嘘をつくと舌を抜かれるというが、閻魔の手下の舌を抜く鬼など地獄にはいるまい。

亡者である音之介ごときに疑われ、怒りだすかと思ったが、なぜか暗夜はにこにこと上機嫌の笑みを浮かべている。

「嘘などついておらぬ」

こうして見ると、角《つの》こそ生えているものの、暗夜は美しい顔立ちをしていて、嘘をつくような性悪には見えない。

——地獄に堕ちずに済むのなら、それに越したことはない。

「かたじけない」

頭を下げると、暗夜の気が変わらないうちに音之介は地獄から逃げだそうと踵《きびす》を返した。しかし、

「待て」

帰りかけた音之介を暗夜が呼び止める。地獄の大王の片腕だけあって、その声は

人を従わせる威厳があった。

「はい？」

音之介の足が、ぴたりと止まった。おそるおそる振り返ると、暗夜が意地の悪そうな笑みを浮かべている。

嫌な予感に襲われながらも、音之介は聞いてみる。

「地獄行きは勘弁してくださったのでは？」

「勘弁はした」

「では――」

「焦るでない。わしの話を聞け」

暗夜は言う。

嫌な予感がさらに膨れ上がる。

「勘弁してやると言ったが、ただとは言っておらぬ。――地獄の流儀を教えてやれ」

あっという間に、そばに控えていた亡者や鬼どもに身ぐるみ剥がされた。財布はもとより父の形見の数珠《じゅず》の首飾りまで取り上げられてしまった。

一文なしになってしまったが、地獄に堕ちずに済むのなら安いもの——。音之介はそう思ったが、暗夜はまだ許してくれない。

「足りぬ」

音之介から奪った金を勘定しながら暗夜は言った。

「こんな端金《はしたがね》しか持っていないのか？　これでは地獄へ堕ちるしかないな」

——おまえのものはおれのもの、おれのものもおれのもの。

そんな顔をしている。

「では、どうしたら地獄に堕ちずに済むのでござるか？」

懐の軽くなった音之介は途方に暮れる。金がなければ、潔癖症に必要な掃除道具も買えやしない。

「雪灯音之介」

意味ありげに暗夜は音之介の名を呼んだ。

「はい」

「ひとつ仕事を頼まれてくれぬか？」

そう言われても、人を殺すことと掃除くらいしかできない。

「下界へ行って、本所深川の行逢《いきあ》い橋近くに住む〝伸吉〟という寺子屋の師匠を殺して参れ。首尾よく遂げたときには地獄行きを勘弁してやろう」

憎々しげに暗夜は言うと、やけに頼りない男の人相書《にんそうがき》を音之介に押しつけた。

「この男だ」

よく分からぬが、地獄の閻魔の片腕に恨まれているということは、伸吉とやらは、よほどの極悪人なのだろう。

音之介の心を読んだように暗夜は言った。

「閻魔様から小風を奪った男だ」

4

「え？　ええッ？」
と、伸吉が聞き返すより早く、
ひゅうどろどろ――

――――と、生暖かい風に乗って、赤い唐傘がくるくると飛んできた。

そして、その唐傘は、寸分違《すんぶんたが》わず、音之介の頭にぽかりと命中した。がくんと膝が落ち、呆気《あっけ》なく音之介は気を失う。

周囲を見渡すと、気づかぬうちにお天道様が落ちていた。少し離れた先に小風が立っている。

何が起こったのか訳が分からず、目をぱちくりさせている伸吉を尻目に、小風がため息混じりにつぶやいた。

「あのアホウめ」

殺し屋の幽霊というだけあって、音之介は丈夫にできているらしく、すぐに気を取り戻した。聞きたいことも多かったので、伸吉は音之介を寺子屋の中に招き入れた。

「閻魔っていうのは地獄の大王でしょ？　おっかない人だよねえ」

伸吉は聞く。

「ほう、よく知っておるな」

珍しく小風が感心してくれる。普段であれば舞い上がるところであるが、今日ばかりは明るい気分になれない。聞きたいことがある。

「小風と閻魔はどういう関係なの？」

情けないことに蚊の鳴くような声になってしまった。

「――将来を約束した関係でござる」

と、聞かれてもいないのに答えたのは、音之介である。

「え……」

がーんと仲吉の目の前が暗くなる。

将来を約束した関係でござる将来を約束した関係でござる将来を約束した関係でござる……音之介の言葉が谺《こだま》する。絶望のあまり、「南無阿弥陀仏、南無阿弥陀仏」と虎和尚・狼和尚のお経まで聞こえてきた。

しかし、小風と八咫丸が同時に首を振って、音之介の台詞を否定する。

「アホウ」

「カアー」

それを見て、音之介は意外そうな顔になる。

「違うのでござるか？　拙者、閻魔がそう言いふらしていると説明を受けたのでござるが」

「あのアホウの言うことを信じるでない」

小風は地獄の大王を「アホウ」呼ばわりしている。

「他に、あの男は何か言っておったか？」

「仲吉という見かけばかりの二枚目男に小風殿が誑《たぶら》かされて、恋い焦がれた挙げ句、下界に落ちたと……」

と、そこまで言って、突然、言葉を止めて仲吉の顔をちらりと見た。そして、ゆっくりと首を振るとつぶやいた。

「見かけばかり……。見かけ？　二枚目？――拙者、騙されたようでござる」

人というのは、ときおり、自分に都合のいい話しか耳に入らなくなるもので、仲吉も音之介の最後のつぶやきは聞かないことにした。

(なんだ、小風もあたしのことを好きだったんだねえ)

相思相愛、こんにゃくと辛子《からし》のようにお似合いの夫婦《めおと》になれるのかと仲吉の夢は広がる。新妻の小風の頬なんぞをつつんと突《つっ》いたりして暮らすのである。

そんなことを考えていると、新妻――ではなく、小風に唐傘でぽかりと頭を叩かれた。新婚だろうと叩かれれば痛い。

「男というのはみんなアホウなのか？」

と、小風がため息をつく。

「ごめんなさい」

「すまぬ」

「カアー……」

思い当たるところだらけの男たちは一斉に反省する。

「――まあ、よい」

アホウは放っておくとばかりに小風は話を元に戻す。

「雨が降らぬのも閻魔のしわざか？」

小風の言葉に音之介は顎《あご》を撫でる。

「それはどうであろう。古来、雨を降らせるのは竜神の仕事でござる。地獄の閻魔が口を出すなどという話は聞いたことがござらぬ」

雪を降らすことのできる音之介だけに、雨のことにも詳しいようだ。

しかし、仲吉には閻魔が無関係だとは思えなかった。

自分のことを干殺《ひごろ》しにするために雨を降らせないのではなかろうか――。閻魔は小風に惚れていて、何を勘違いしたのか分からぬが、仲吉のことを恋敵と思っているらしい。

閻魔というからには極悪非道に決まっている。小風を手に入れるために、仲吉の巻き添えとして江戸中の人間を殺すこともあり得るような気がする。

考え込む仲吉と音之介を尻目に、小風は話を変える。

「それはそうと、さっきから、うろちょろ歩き回っているのは何だ？」

今、気づいたという風情で茶運び人形を指さす。

見れば、先刻、仲吉に熱い茶をかけようとした茶運び人形が、寺子屋の中をカタカタと歩き回っている。

「暗夜が貸してくれたのでござる」

音之介は答える。

「ほう」

お茶好きの小風は興味深げに茶運び人形を唐傘でつつんと突く。茶運び人形もおとなしく、なすがままになっている。

「ふむ。よくできた機関《からくり》だな」

あまりに小風が感心しているので、伸吉も茶運び人形を覗き込もうと顔を近づけた。

「こんなに小さいのにすごいねえ」

と、ちょいと顔を近づけたとき、茶運び人形の目がピカリンと光った――ような気がした。

もちろん気のせいではない。

ぽかんとする伸吉の顔目がけて、再び、熱い茶が飛んできた。

油断していただけに避《よ》けることができず、顔面に煮えたぎっている茶がかかりそうになった、その刹那《せつな》、伸吉の目の前で、

ぱらり――

――と、赤い唐傘が開いた。

ぱしゃりと唐傘に茶がかかる。

小風はくるりんと唐傘をとじると、音之介を睨みつけた。

「なぜ、伸吉を狙うのだ、茶運《こ》び《ゃ》人形《つ》は？」


「拙者がそのように命じたのでござる」

見れば、音之介はつまみのついた小さな機関箱《からくり》を持っている。これで茶運び人形を操作しているようだ。

「拙者の仕事は伸吉殿を殺すことでござる」

音之介はまだ言っている。

「伸吉を殺してはいかん。飯を作るものがいなくなる」

小風が言う。

「しかし――」

伸吉を殺さなければ地獄に堕ちる――。音之介は、そう言いたいのだろう。

「なぜ、地獄に堕ちたくないのだ？」

「拙者、汚いところは――」

と言いかけた音之介を遮り、小風は言う。

「ならば、寺子屋《こ》におればよかろう」

伸吉は目を剝く。

「ええ？　そんな勝手な……」

小風、しぐれに続き、音之介にまで居候されては、寺子屋が本物の化け物屋敷になってしまう。

必死に反対する伸吉であったが、いつだって女は男の意見など聞いてくれないようにできている。

伸吉の言葉をさらりと聞き流し、小風は音之介に言う。

「ちと古いが、この寺子屋はちゃんと掃除してあって綺麗だぞ」

「そうでござるか？」

と、音之介は小姑《こじゅうと》のように指で床や壁を擦《こす》り、埃《ほこり》のないことを確認している。やがて伸吉のことを見直したようにつぶやいた。

「伸吉殿、たいした掃除上手でござるな」

それもそのはず、伸吉に掃除を仕込んだのは卯女である。埃が残っていた日には何をされるか分かったものではない。

「誰にでも取り柄はあるものだな」

「カアー」

褒められているのか貶《けな》されているのか分からない。

しかし、小風に褒められたと伸吉は顔を綻ばせる。単純な男と言われようと、うれしいのだから仕方がない。

そして、伸吉だけではなく、たいていの男は単純にできている。

音之介は静かにうなずくと言った。

「では、居候させてもらうでござる」

「そんな馬鹿な……」

と、涙目になる伸吉に、小風は命じた。

「腹が減ったぞ。飯にしろ、馬鹿師匠」

伸吉の長屋は、さらに騒がしくなった。音之介は伸吉が考えていたよりもうるさい男だった。

四六時中、寺子屋の掃除をするのはいいとしても、どうにも八咫丸と折り合いが悪いのだ。

「八咫丸殿、ちと黒すぎはせぬか？」

と、カラス相手に言いがかりをつけ、あろうことか八咫丸を風呂屋へ連れて行こうとするのだ。

風呂に入れるくらいならいいのだが、音之介ときたら、ヘチマのたわしでごしごしと、八咫丸のことを執拗《しつよう》に洗う。白くなるまで洗うつもりらしいが、カラスが白くなるはずがない。

八咫丸にしてみれば、たまったものではない。

すっかり音之介を嫌い、見るたびに、

「カアーッ！」

と、ただでさえ尖《とが》っている嘴《くちばし》を尖らせて威嚇《いかく》するのである。

そうかと思えば、その一方で、音之介は猫骸骨を気に入ってしまい、

「猫骸骨殿は白くて素敵でござる。この美しさは芸術でござる」

と、褒めまくり、猫骸骨を「恥ずかしいですにゃ」と赤面させている。

さらに困ったことに、音之介も大飯食らいで、小風としぐれの飯代だけでも家計が苦しいのに、いっそう伸吉は貧乏になってしまった。

「野菜が足りぬぞ、馬鹿師匠」

「肌が荒れてしまいますわ」

「カアー」

「拙者は大根を食べとうござる」

と、幽霊どもは好き勝手なことを言っている。

伸吉だって野菜を買いたいのは山々であるが、雨が降らないせいで野菜が高いのだから仕方がない。

値上がりしているのは野菜だけではない。

米も魚も何もかもが値上がりしている。このまま雨が降らなければ、伸吉の方が食うに困り、お陀仏になりそうな塩梅《あんばい》である。

困り顔の伸吉の目の前を、茶運び人形が小風の湯飲みを盆に載せ、カタカタと通りすぎて行った。

いつの間にやら、小風の僕《しもべ》と化している茶運び人形であった。音之介が操作していたはずなのに、仲吉の目には、意思を持った人形に見える。

――まさかねえ。

仲吉の心を読んだように、茶運び人形がこくりとうなずく。仲吉はあえて見ないようにした。

それにしても雨が降らないのは困りものだ。

小風の大好きな茶にしても、このまま雨が降らなければ買えなくなってしまう。それ以前に、水を買うのが普通である江戸の町では、水そのものが高騰していた。

仲吉は小風に言う。

「このままじゃあ、お茶も飲めなくなるよ、小風」

「それは困った」

と、つぶやいて、小風が茶を飲んだ。

其ノ三　上総介、英雄を知るの巻

1

その夜、伸吉は小さな瓦版を綴じたような本を眺めていた。半紙をさらに半分くらいにした大きさの紙に墨で妖怪の絵が描《か》いてある。説明らしき文章はなく、妖怪の名らしきものがやけに大きな文字で書かれている。表紙には卯女の字で〝百鬼夜行の書〟と書かれている。

ちなみに、この本は卯女の形見で、祖母が死ぬ半年くらい前に手渡されたものだ。

「困ったことがあったら、この連中に助けてもらうんだよ」

と、卯女は言っていたが、この連中とやらがどこにいるのか伸吉には分からない。

それでも、「肌身離さずに持ち歩くんだよ」という卯女の言葉を遺言のように思い出し、このごろは懐に入れている。

最近はときおり、〝百鬼夜行の書〟を懐から取り出しては妖怪の絵を眺めるのが習慣のようになっている。

このときも、食後の茶を飲んでいる小風の脇で、気になった妖怪の絵なんぞを見ていた。

「へえ、川姫ってのは綺麗なんだねえ」

と、思わずつぶやいてしまい、

「女の姿をしていれば何でもいいのか？」

「カアー？」

小風と八咫丸に呆れられていると、慌て顔のしぐれがやって来た。

しぐれときたら、子分のように猫骸骨とチビ猫骸骨を従えている。チビ猫骸骨はいつもと同じ顔をしているが、猫骸骨はどことなく不機嫌そうな顔をしている。

「昨日も、この前、お話しした商売敵が現れたのです」

このところ、永代橋のたもとの火除地《ひよけち》に、毎日のように姿を見せるという。

「ふむ」

興味ありげに、小風がしぐれを見た。

夜の寺子屋の師匠を伸吉に押しつけたこともあって、小風は暇を持て余していた。

しぐれの言葉が小風の背中を押す。

「しかも、二枚目のかっこいい水芸師のお兄さまなのです、小風お姉さま」

二枚目？——嫌な予感がする。

「ほう。二枚目か」

小風が気を引かれている。ほんの少し、考えた後で小風は言った。

「たまには目の保養もよかろう。……行ってみるか、八咫丸」

「カアー」

うれしそうに音之介が口を挟む。

「拙者が後片付けをいたそう」

「うむ。頼んだぞ」

こうして小風たちは永代橋のたもとの火除地へ行くことになったのであった。

「南無阿弥陀仏、南無阿弥陀仏──」

虎和尚と狼和尚のお経が夜空に響き渡っている。

いつものいんちき見世物の始まりのようであったが、何かが違う。どことなく物足りない。

「む、煙がないな」

小風が指摘する。

「本当だねえ」

ちょいと前に、しぐれ一座のいんちき見世物を見たときは、おどろおどろしい雰囲気を出すためか、秋刀魚《さんま》を焼いて白い煙を出していた。その煙が見当たらない。

「お魚を買う予算がありませんにゃ」

かつて秋刀魚の焼き係だった猫骸骨が教えてくれた。

少し前までは、猫骸骨もしぐれ一座の座員であったのに、今は仕事を失い、見物する側となっているらしい。しぐれが「猫骸骨に恨まれている」と言ったのは、このことだろう。猫骸骨は、ときどき恨みがましいような、それでいて、泣きそうな目つきでしぐれ一座を見ている。

「そうか、金がないのか。……世知辛い世の中だな」

「はいにゃ……」

予算の関係で仕事を失った猫骸骨が、どことなく悲しそうな顔をする。

「そのうち新しい仕事が見つかるさ」

と、小風が猫骸骨を慰めている。

一方、火除地の真ん中では、しぐれが登場するところだった。例によって、真っ白な巫女《みこ》衣装におんぼろの赤い唐傘を持っている。

しぐれを見て、伸吉はほんの少しだけ驚いた。

「ん？　あれ？」

今さら説明するまでもなく、しぐれの趣向は悪霊退治のときの小風を真似たものだが、前に見たときとはちょぃと違っている。

「みゃ」

そのちょぃとばかりが、しぐれの右肩の上で、ちょこんと頭を下げ挨拶した。

――チビ猫骸骨だ。

本家の小風は右肩に小ガラスの八咫丸を乗せているが、しぐれ演ずる偽者の小風の方は、カラスを捕まえることができなかったのか、チビ猫骸骨で代用しているらしい。しぐれの気持ちは分かるが、やっぱり別物である。

「チビ猫骸骨には仕事がありますにゃ」

猫骸骨の肩が、さらに、がくんと落ちる。あまりの落ち込みように、仲吉もかける言葉が見つからない。

「あまり盛り上がらんな」

と、小風が言う。

確かに、しぐれとチビ猫骸骨が登場したというのに、静まり返っている。

「やっぱり煙が必要ですにゃ」

仕事熱心な猫骸骨は訳知り顔でうなずくが、残念ながら、それ以前の問題であるように見える。

静まり返っているのも当然のことで、仲吉たちの他に、客の姿が見えないのだ。

見物客のいない大道芸など盛り上がるわけがない。

「本当に客が一人もいないんだねえ」

仲吉の言葉に小風が首を振る。

「いや、あそこの松の木陰に女がいるぞ」

小風の視線を追いかけると、青い髪をおだんごにした若い女が一人立っていた。

真剣な目でしぐれ一座を見ている。

しかし、見物客は彼女だけであった。

その他は、見渡すかぎり、がらんとしている。

「本日も〝唐傘しぐれ一座〟にお越し頂き、ありがとうございますッ」

「みゃッ」

客を呼び込むつもりか、それともやけくそなのか、しぐれとチビ猫骸骨は頭の天《てっ》辺《ぺん》から声を出している。きんきんと耳に響いて、ちとうるさい。

ぱちぱちぱちぱち……と、おだんご頭の女が拍手をしてくれるが、たった一人の拍手は寒々しい。仲吉はいたたまれない気分になってきた。

しぐれはめげずに口上を続ける。

「本日、皆さまのお目にかけますのは、貧しい百姓の身から天下を取った〝戦国の出世頭〟こと太閤《たいこう》秀吉でございます」

「おおっ」

おだんご頭の女が目を丸くしている。まさか、こんなところで豊臣秀吉を見ることができるとは思っていなかったのだろう。一人で盛り上がっている。

ひゅうどろどろ――

――と、生暖かい風が吹き始めた。

秀吉という言葉が引き寄せたのだろう。誰もいなかったはずの火除地に、ちらりほらりと影が見え始めた。

幽霊たちがやってきたようだ。

たいていの幽霊は千里眼――。壁に耳あり障子に目ありとばかりに、どこにいようと聞き耳だけは立てている。

耳をすませば、幽霊たちの話し声が伸吉に聞こえてくる。

「聞いたか？」

「もちろんだ。太閤が来るんだろ？」

「そうみてえだな。お江戸で太閤秀吉を見られるなんぞ運がいいな」

「凄腕の見世物師がいるもんだな」

「おう、そうだ。――おめえ、一《ひと》っ走《ぱし》りして、浅草の墓場から留公《とめこう》を呼んできてやれよ。秀吉が来るんだから、死んでる場合じゃねえだろ」

「嫌だよ。その間に秀吉を見損なっちまったら、ますます成仏できなくなっちまうよ」

命を失っても江戸っ子は野次馬にできているらしい。

「へえ、秀吉って人気があるんだねえ……」

仲吉は感心する。

百姓から天下を取った秀吉だけあって、幽霊庶民にも絶大な人気があるようだ。

閑古鳥が鳴いていたはずの火除地に、次から次へと幽霊たちが集まってくる。

大歓声の中、幽霊事情に詳しい小風と八咫丸が首を傾げている。

「秀吉は地獄の閻魔に黄金《きん》の延べ棒を渡して極楽に行ったはずだが？」

「カアー？」

地獄の沙汰も金次第というのは本当のことで、あの世でも袖《そで》の下は効くらしい。

それはそれとして、

「じゃあ、もう成仏したんだね」

「そのはずだ」

小風は答える。

現世に出てくるのは成仏できない幽霊だけと決まっている。極楽往生した秀吉が現れるはずはない。

と、すると……。


ぱらり――

――と、しぐれのおんぼろ唐傘が開いた。

猫骸骨の言うように、白い煙がないので迫力に欠けるが、しぐれは本家の小風のしぐさを毎日のように見ているだけあって、それなりに恰好がついている。

しぐれは声を張り上げる。

「それでは天下のお調子者、太閤秀吉をご覧あれ」

そして、思わせぶりに間を置き、

ぱらりん――

――と、唐傘を閉じた。

一人の男がおんぼろ唐傘の陰から現れた。

「おおっ！」

地響きのような歓声が本所深川に轟《とどろ》く。

その男は派手な二十九本の金箔押馬蘭《きんぱくおしばりん》をカブトの後立《うしろだて》とし、羽織に〝桐紋〟を配し、右手に金地に朱漆塗《しゅうるしぬり》で桐紋を抜いた軍配団扇を持っている。誰もが知っている太閤秀吉の姿であった。

「本物だぜッ」

幽霊たちがざわめいた。

しかし、小風と八咫丸は冷めている。

「いや、違うな。あれは秀吉じゃない。別人だ」

「カアー」

声が聞こえているはずなのに、しぐれは知らんぷり――。いっそう大きな声で口上を続けるのだった。

「天下のお調子者、太閤秀吉にご歓声をッ」

しぐれに煽《あお》られ、やんややんややの声が飛ぶ。見れば、おだんご頭の女も必死に拍手している。

だが、肝心の秀吉の様子がちょいとばかりおかしい。

豪華絢爛《けんらん》な衣装に似合わず、肩を落とし、ひどく落ち込んでいるようである。下を向いたまま、見物客たちに顔を見せようともしない。

太閤秀吉といえば、黄金の茶室を造るほどの派手好きのお調子者。皆を笑わせるのが生き甲斐《がい》のような男であった。

それが、うなだれていては誰だって納得しない。

「ずいぶん元気のねえ太閤だなあ。今にも泣きだしそうじゃねえか」

と、見物客にまで心配される有り様である。

見るに見かねたしぐれが青筋を立てて、男に喚《わめ》き立てる。

「ちょっと、何を落ち込んでいるのよッ？　お客様の前でしょ？　ちゃんと顔を上げなさいよ」

「仕事はちゃんとしなければなりませんにゃ」

失業中の猫骸骨が口を挟む。

しかし、秀吉の恰好をした男は聞いていない。うつむいたまま、何やら、ぶつぶつとつぶやいている。

「なぜ、予が藤吉郎の真似を……」

この疳高《かんだか》い声は、上総介だ。

「くっ」

屈辱のあまり泣きそうになっている。

秀吉に劣らず有名人であるはずの上総介だが、逆らう武将の一族を根絶やしにしたり、比叡山《ひえいざん》を焼いてみたりと悪行のかぎりを尽くしたということもあって、江戸の庶民幽霊には評判がよろしくない。

それを軽く上回るような悪党が本所深川にいた。

——高里屋《たかさとや》しぐれである。

2

上総介がしぐれに目をつけられたのは、まだ小風が夜の寺子屋の師匠をやっていたころのことだ。

「あんた、織田信長なんでしょ？」

夜の寺子屋の休み時間に、いきなりしぐれは声をかけたという。第六天魔王《だいろくてんまおう》相手でも臆することを知らない小娘である。

あまりの無礼な言いように、思わず上総介は、「左様。予は織田信長である」と、答えてしまったらしい。

「へえ、あんたが有名な織田信長なんだ」

と、無礼な小娘は、じろじろと見るのだった。

実を言えば、上総介、あまり女に慣れていない。側室はたくさんいたが、合戦ばかりしていた上総介は女の扱いを知らず、自分の愛情を伝えるために、〝お鍋《なべ》の方〟だの〝俎板《まないた》の方〟だのと、大事にしている台所用品の名前をつけたが、まったく伝わらなかったという苦い過去がある。

しぐれにも遠慮がちな上総介であった。

一方のしぐれは遠慮を知らない。守銭奴根性丸出しの質問をする。

「あんた、金になりそうな有名な武将をいっぱい知っているんでしょ？」

「知らぬことはない」

と、言ってしまったのが運の尽き――。

毎晩のように、しぐれ言うところの〝金になりそうな有名な武将〟の扮装をさせられている。

今に始まったことではないのに、この日、上総介はひどく落ち込んでいた。

「あやつ、泣いておらぬか？」

と、小風に心配されるほどの落ち込み振りである。

耳をすますと、上総介の愚痴が聞こえてくる。

「予よりも藤吉郎の方が、江戸の町人どもの心をつかんでいるというのか……」

秀吉を百姓から拾い上げた張本人であるだけに、上総介の悩みは深いようである。

上総介の愚痴が聞こえたのは伸吉だけではなかった。

「お仕事があるだけましにゃ。わがまま言わないで、さっさと働きますにゃッ」

猫骸骨が喚き散らしている。

さらに何か言おうと口を開きかけた猫骸骨であったが、

「お黙りッ」

しぐれにぴしゃりと制された。

「にゃあ……」

猫骸骨は口を噤《つぐ》む。

それから、しぐれは上総介の方に、とことこと歩きだした。

「む」

と、上総介が身構える。

戦国のころには部下の武将を死ぬほど扱き使った上総介であったが、因果応報、今ではしぐれに扱き使われ、気を抜くと叱《しか》り飛ばされる。場合によっては鞭《むち》が飛んでくることもあった。

また怒鳴られるのかと、上総介が身構えたのも当然である。

しかし、しぐれの声はやさしかった。

「上総介おじさまって、本当にお洒落《しゃれ》だと思いますわ」

しぐれの言葉を耳にして、上総介の耳がぴくりと動いた。

戦国屈指の洒落者と呼ばれた上総介だけに、幽霊となった後も、しつこく南蛮渡来のビロードのマントを身につけたりと、見かけに気を遣っている。相手がしぐれだろうと、若い娘に「本当にお洒落」と言われては聞き流すわけにいかないのだろう。

「そう言ってくれるのはうれしいが、予は古い人間だからなあ」

上総介は言う。確かに二百年も昔の人間である。新しくはない。

「江戸《いま》の若い連中に比べるとのう……」

上総介が気にするのももっともで、田沼意次《おきつぐ》という男が実権を握り賄賂《わいろ》政治が盛んになって以来、何もかもが贅沢《ぜいたく》で派手になっている。

何だかんだと言っても、上総介も無骨な時代の男だけに、金を山ほど使った江戸の粋人たちに圧倒されているのかもしれない。

しぐれは上総介に言う。

「そんなことありませんわ、上総介おじさま」

いっそうやさしい声だ。あえて例をあげるのなら、お年玉をもらうときの姪《めい》のような声をしている。

「しかしのう……」

上総介の声は、奉公先で暇を出されて懐が寂しいのに、可愛がっている姪が遊びに来てしまった叔父のようである。

失業中の叔父を励ますような口振りでしぐれは言う。

「これだけの幽霊たちが、上総介おじさまの素敵な姿を見ようと集まってきているのですわ」

「ほう……」

上総介は周囲を見回す。確かに、数え切れないほどの幽霊たちがこちらを見ている。ただ、幽霊たちが見たがっているのは上総介ではなく、藤吉郎秀吉の姿なのだが、しぐれはそこには触れず話を進める。

「おじさま、天下布武ですわ」

訳が分からないが、上総介は〝天下布武〟の四文字に弱い。

なぜか上総介は自信を取り戻したらしく、うつむき加減だった顔が上がった。

「おおっ」

見物している幽霊たちが響《どよ》めいた。

第六天魔王と名乗っていただけあって、自信を取り戻せば、そこら辺の歌舞伎役者に負けないほどの雰囲気がある。

凛々しい顔立ちになった上総介の様子を見て、しぐれは小さくうなずくと、観客の幽霊たちに向き直った。

「それでは皆さま、これより天下の太閤秀吉が中国大返《ちゅうごくおおがえ》しをご覧に入れます。——と、その前に」

しぐれは懐から唐草模様の巾着袋を取り出し、観客たちの前に広げた。

「憐れなる地獄の亡者にお情けを」

堂に入ったしぐれのしぐさに誘われるように、観客の幽霊たちが小銭を握った瞬間、

「きゃあッ、紫陽花藤四郎《あじさいとうしろう》様よッ」

と、女の黄色い声が湧《わ》き上がった。

その声を聞きつけた幽霊たちの動きがぴたりと止まった。しぐれの巾着袋には、

まだ一銭も飛び込んでいない。

「おう、水芸師の兄ちゃんが来たんかい」

男たちまで騒ぎだした。

黄色い声のする方向を見れば、髪に紫陽花を挿した女形のような細身の男が、両手から水を噴き上げて見事な芸を見せている。

――この優男がしぐれの商売敵らしい。

一人二人と客が水芸師の方へ引き寄せられ、しぐれと上総介の前から減っていく……。

とたんに、しぐれは悪鬼のような表情になり舌打ちすると、ぽかんとしている上総介に耳打ちした。

「殺《や》っちまいな」

可愛い姪からヤクザの親分に早変わりのしぐれであった。

一方、少し離れたところでは、紫陽花藤四郎が水芸を披露している。どんな仕掛けがあるのか見当もつかないが、二枚目の水芸師は袖やら頭やら、果ては地面から水を噴き出させている。しかも、面妖なことに、月の光を受けて、水の色が赤青黄と虹のように変わるのだ。しばらく雨を見ていないだけに、その水芸は目に涼やかである。

水もしたたるいい男が涼やかな水芸を披露しているのだから、見物客が集まるのも当然のことであろう。仲吉も素直に感心していた。しかし、

「ほう、ずいぶん二枚目の水芸師だな」

そんな小風の言葉を耳にして、仲吉は豹変《ひょうへん》した。これまたヤクザのような口振りで、上総介に耳打ちする。

「殺っちまいな」

珍しく乱暴な仲吉の言葉に上総介が目を丸くしている。それを見て、しぐれがにやりと笑い、上総介相手に言葉を続ける。

「ほら、仲吉お兄さまもおっしゃっているじゃないの？　早く、殺っちまいなさいよ」

「だが――」

煮え切らない上総介に、しぐれが短気を起こす。

「ちょっと、あんた、嫌だって言うの？」

可愛い姪より、こちらの方が素に近い。

「そうさのう……」

上総介は困り果てている。世の人々は上総介のことを〝悪鬼〟だの〝魔王〟だのと言うが、本人は英雄のつもりでいる。

上総介の顔色を見るに、英雄が何の罪もない水芸師を殺してもいいものかと悩んでいるのだろう。

「これを使いなさいよ」

見れば、いつの間にか、しぐれは鉄砲を持っている。そして、その鉄砲を上総介にぐいと押しつけた。

「あんただって、引き金をひくことくらいできるでしょ？」

上総介を鉄砲玉扱いしている。

鉄砲を受け取ったものの、なおも「ぐむ」と躊躇《ためら》っている上総介を見て、しぐれは大きなため息をついた。独り言のようにつぶやく。

「戦国の英雄・織田信長も落ちたものね」

しぐれの言葉を聞いて、上総介の耳がぴくりと動いた。〝英雄〟という言葉に反応したらしい。

　真顔でしぐれは上総介に聞く。

「英雄って何だと思って？」

　――予のことだ。

　上総介としてはそう答えたいところだろうが、戦国の男は奥ゆかしい。

「分からぬ。教えてくれぬか？」

　と、小娘のしぐれに聞いている。

「英雄っていうのは、一宿一飯の恩に報いる男のことよ」

　しぐれは言い切る。

　英雄とヤクザが混じっているような気もするが、自信たっぷりに断定されると、大きく間違っていないだけに何となく逆らいにくい。

「なるほど」

　上総介は、あっさりと説得されてしまった。大義名分というやつに弱い戦国武将の特徴でもあった。しかも、大義名分さえあれば、何をやっても許されると思い込んでいたりもする。

「あんた、伸吉お兄さまの寺子屋に世話になっているでしょ？」

「うむ。伸吉師匠には世話になっている」

一宿一飯どころか、もう長いこと寺子屋に通ってきている。上総介はうなずくと、鉄砲を手にして戦う男の顔になった。

そもそも、この上総介という男は女子供には甘いところがあるが、男相手だと干殺しにしたり、手足をちょん切ってみたりと情け容赦がない。水芸師を撃ち殺すくらい朝飯前であった。

「では、殺るかな」

と、上総介の指が鉄砲の引き金に触れたとたん、標的になっている水芸師の手から、

ぴゅう――

――と、水が飛んできた。

上総介と、なぜか伸吉に水がかかった。

「ひぇッ」

伸吉は悲鳴を上げたが、よく考えなくとも、六月に水を浴びたところで冷たくとも何ともない。ただ驚いただけである。

水どころか生き血を浴びるような人生を歩んできた上総介に至っては、文字通り、たかが水である。平然としている。

何事もなかったかのように、上総介は引き金に指を落とした。

すかり……。

火を噴くはずの鉄砲からは妙な音が聞こえるだけで、いっこうに弾が飛び出す気配がない。

「これはどうしたことだッ」

鉄砲の手入れなど自分でしたことのない上総介が怒っている。

そんな上総介に、いつもの冷静な声で小風が指摘する。

「濡《ぬ》れてしまったのだから、火縄銃は使えまい」

「くっ」

一生の不覚とばかりに屈辱で顔を赤くする上総介であった。

小風は「ふむ」と何やら一人で納得すると、独り言のようにつぶやいた。

「ただの水芸師ではないようだな」

幽霊になって、少々、間が抜けたとはいえ、天下を取ったほどの上総介の鉄砲を封じた手際は見事と言えぬこともない。

「あの男、できる」

小風の尻馬に乗って、上総介も言っている。

「寺子屋に連れて行くか」

「え？」

伸吉が聞き返す暇もなかった。

小風は、すたすたと水芸師のところまで歩いて行くと、いきなり、ぽかりと唐傘で二枚目男の頭を殴った。

たいして強く殴ったようにも見えないのに、水芸師は、ぐるりと白目を剝いた。

「寺子屋に連れて行くぞ」

小風は言った。

3

本所深川という土地は、世に言うところの「振袖火事」、すなわち明暦《めいれき》の大火を境に開かれた新しい町である。

そのため、町場も整備されておらず商家の数も少ない。日本橋や京橋、浅草あたりと比べると、江戸とは思えないほど静かである。

そんな本所深川の中でも、外れも外れ、ちょいと歩けば墓地や田畑が並ぶような寂れた場所に伸吉の寺子屋はある。夜が更けると、人は寄りつかない。最近では人よりも幽霊の数の方が多いように思える。

人さらいよろしく紫陽花藤四郎を寺子屋へ運び込むと、小風は、ぽかりぽかりと唐傘で水芸師の頭を叩き始める。

容赦ない小風の仕打ちを見て、黒い僧衣を着た虎和尚と狼和尚が「南無阿弥陀仏、南無阿弥陀仏」と怪しげなお経を唱えだす。

お経の声を聞きつけ、雪灯音之介までが顔を出し、

「小風殿、殺すのでしたら、拙者に任せて欲しいでござる」

と、申し出た。

「殺しはせぬ」

小風は無造作に答える。

「左様でござるか」

と、音之介は口先では納得したようなことを言っているが、その顔はひどく残念そうである。

「この男に聞きたいことがあるだけだ」

そんな小風の言葉を聞いて、今度はしぐれが顔を耀《かがや》かせる。

「では、拷問でございますわね。小風お姉さま」

と、張り切った声を出しながら、どこからともなく鞭を持ち出した。

「……少し黙っておれ」

小風は音之介としぐれを睨むと、再び、気を失っている藤四郎の頭を、ぽかりぽかりと唐傘で叩いた。

髪に紫陽花を挿しているような軟弱な男相手でも、小風は手加減をしない。部屋に入ってきた油虫《ごきぶり》でも叩くように、盛大な音をさせて藤四郎の頭を唐傘で叩き続けている。

「早く目をさまさぬか、面倒くさい」

小風は思いっきり藤四郎の頭を殴る。

やがて……。

「う……うん？」

悪夢にでも魘《うな》されたように、びっしょり汗をかきながら藤四郎が目を開いた。

「頭が痛い」

と、泣きそうな顔を見せた。

――それは痛いだろう。

文字通り、叩き起こされたのだから。

「もうひとつおまけだ」

小風は、またまた、ぽかりと殴る。

藤四郎は歌舞伎の女形のように科《しな》を作り、小風相手に泣き言をこぼす。

「ひどいですよ、小風師匠」

「む？　どうして、わたしの名を知っておるのだ？」

不思議顔で小風が聞くと、藤四郎は自慢げに薄い胸を張ってみせた。

「他の人たちの名も知っていますよ」

そう言うと、藤四郎は「八咫丸さんにしぐれちゃん、猫骸骨さん、チビ猫骸骨さん、上総介様、雪灯音之介様」とすらすらと名を並べた。

「あの……」

おずおずと伸吉は口を挟んだ。

どうでもいいような気もするが、チビ猫骸骨の名まで出ているのに、そこに自分の名がないのは、ほんの少しだけ悲しい。

「嫌ですねえ。ちゃんと知っていますよ」

藤四郎は遊女のような口調で言う。

「こんにゃく師匠でしょ？」

聞いてみれば、簡単な話であった。藤四郎は寺子屋の井戸のそばに咲いている紫陽花の化身であり、このところ、ずっと伸吉たちのことを見ていたというのだ。伸吉が傘職人の修業をしていることまで知っている。

「まさか――」

仲吉は藤四郎を疑う。

「何ですか、師匠?」

藤四郎は髪の紫陽花を直したりしている。どうにも所作が男に見えない。正直なところ、あまり近寄りたい類の男ではない。

それでも仲吉は聞く。

「藤四郎も小風のことが好きなの?」

「いいえ、違いますよ」

藤四郎は首をぶんぶんと振って否定する。

――これはこれで腹が立つ。

殴ってやろうかと思っていると、藤四郎が言葉を続けた。

「わたしが好きなのは姉上だけですよ」

自分で言ったくせに顔を赤らめている。

「気色が悪いにゃ」

「みゃ」

「カアー」

動物の幽霊たちは正直にできていて、仲吉の言いたいことをずばりと言ってくれた。男の常として、藤四郎は自分に都合の悪い言葉は聞いていない。いきなり話を変える。

「みなさんにお願いしたいことがあるんですよ」

「嫌だ」

小風の返事は赤い稲妻より三倍速い。

「ひどいですよ、小風師匠」

「ひどいだと？　なぜ、おぬしの願いを聞かねばならぬのだ？　わたしは七夕《たなばた》の短冊ではない」

小風は容赦がない。

仲吉であれば涙目で引き下がるところだが、藤四郎は鈍いのか平然としている。しかも言葉を続ける。

「だって、相談に乗ってくれるんでしょ？」

「相談だと？」

　小風の眉がぴくりと上がる。

「〝うらめしや〟の看板を見たんですよ」

　とたんにしぐれが顔を耀かせる。

「お客様ですわ、小風お姉さま」

「しぐれ、おぬしな……」

　と、言いかけるが、面倒くさくなったのか小風はため息をつき、仕方なさそうに藤四郎に聞く。

「その姉上とやらは、どこにおるのだ？」

　藤四郎と同じ紫陽花の化身ならば、そのへんで紫の花を咲かせているとでも小風は思ったのかもしれない。

　突然、藤四郎のにやけた顔が曇った。

　何が起こったのか分からず見ていると、藤四郎は、ぽろりぽろりと涙をこぼし始めた。

「お腹が空《す》いているにゃか？」

やさしい猫骸骨が心配している。

藤四郎は力なく首を振ると言った。

「姉上がいなくなってしまいました。〝うらめしや〟のみなさんに姉上を連れ戻して欲しいのですよ」

「家出かい？」

誰だって、こんな弟がいては逃げだしたくなるというものだ。仲吉は自分の言葉に納得しかけたが、藤四郎は首を振っている。

――家出ではないらしい。

「だったらどうしたんだい？」

「閻魔にさらわれてしまったんですよ」

「ふうん」

小風はまるで信じていない。地獄の大王である閻魔が紫陽花の化身ごときをさらうとは思っていないのだろう。

しぐれはしぐれで、ぱちぱちと算盤を弾《はじ》きながら請求書作りに忙しく、藤四郎の話など聞いていない。

藤四郎は勝手に話を進める。

「姉上は紫陽花なんて、とうにすぎていますよ」

「すぎている？」

何を言っているのかさっぱり分からない。

怪訝顔の伸吉たちに藤四郎が説明する。

日本には八百万《やおよろず》の神がいる。人が色々なように、神も様々である。この世界に現れたときから神であるものもいれば、付喪神《つくもがみ》のように別の何かが永い歳月を経て神格化する場合もある。

藤四郎の姉は紫陽花の化身を経た後に竜神になったという。言ってみれば出世魚のようなものだ。

「へえ」

竜神と言われても、伸吉にはぴんとこない。だから、

「竜神って偉いのかい？」

と、素直に聞いてみた。

「当たり前ですよ」

藤四郎が自分のことのように胸を張る。それから、水芸師は、とんでもないことを言いだした。

「何しろ、姉上は雨を降らせる神様なんですから」

「え……」

伸吉が口を開きかけたとき、いきなり、かくんと小風の頭が落ちた。耳をすますと、遠くから豆腐売りの声が聞こえる。

――朝だ。

「そろそろ寝る時間ですわ」

「眠いにゃあ」

「みゃ……」

幽霊たちが、三々五々、寝床に帰っていく。

何が起こったのか分からないらしく、きょとんとしている藤四郎に伸吉は言った。

「話の続きは今度にしようね」

其ノ四 仲吉、化け猫に襲われるの巻

1

翌夜、ひゅうどろどろどろと生暖かい風が吹いて、幽霊たちが目をさましてきた。

いち早く寺子屋に姿を見せたのは藤四郎であった。

よほどしゃべりたいのか、他の幽霊たちが顔を出すのを、じりじりとした顔で待ち受けている。

自分語りが嫌いな者は滅多にいない。ましてや、藤四郎は大好きな姉のことを話そうとしたのに、一日も待たされているのだ。

しかし、いつまで待っても猫骸骨がやって来ない。

「来ないねえ」

寺子屋の教場で伸吉が首をひねっていると、しぐれが口を開いた。

「さっき、外にいましたわ」

いったん寺子屋にやって来たものの、猫骸骨はどこかへ行ってしまったらしい。

「どこに行っちまったのかねえ……」

今日にかぎった話ではない。このところ、ときどき猫骸骨は姿を消す。

それまで黙っていた小風が口を挟んだ。

「気になるなら、行けばよかろう。居場所を教えるぞ」

「え？　小風は猫骸骨の行く先が分かるの？」

「教え子のことくらい分かって当たり前だ」

夜の寺子屋の師匠業を伸吉に押しつけたくせに、小風は威張っている。

「地図を書いてやろうか？」

「そうだねえ……」

実のところ、伸吉は一人で夜道を歩きたくない。

「ふむ」

小風はうなずくと言った。

「暇潰しに一緒に行ってやろう」

「本当？」

伸吉は喜ぶが、とたんに仕事を思い出した。化け物相手に寺子屋の師匠をやらなければならない。

諦めかけていると、思わぬところから助け船が入った。

「わたくしが代わって師匠をやりますわ」

ぴしりぴしりと鞭で床を叩きながら、しぐれが張り切っている。

「うむ。しぐれなら安心だ」

小風はいい加減なことを言うと、なおも躊躇っている伸吉を促した。

「行くぞ、馬鹿師匠。道々、猫骸骨の過去を話してやろう」

見れば分かるように、猫骸骨は猫の幽霊である。

もともと売れない小唄の女師匠に飼われていた。ちなみに、初音《はつね》というのが女師匠の名である。初音は二十歳をいくつかすぎていた。

初音は、捨て猫で腹を空かして、にゃあにゃあと鳴いていた猫骸骨を拾ってきて育ててくれた。

初音も子供のころに両親に捨てられていた。

「おまえも捨てられちゃったんだねえ。あたしと一緒だよ。よしよし、これからは二人で暮らそうね」

その言葉に嘘はなく、初音は猫骸骨と昼夜を問わず、べったりと一緒にいた。稽古をつけるときも、猫骸骨をそばに置いていた。

生前の猫骸骨は捨て猫のくせに、綺麗な毛並みをしており、初音の数少ない弟子たちも頭や背を撫でるのを楽しみにしていた。

芸は身を助けるというが、江戸の町には芸達者が多い。小唄の師匠と言っても、弟子が入らなければ実入りはなく、食っていくのも厳しい。初音の暮らしは貧しく苦しかった。飯を食えない日も珍しくなかった。

「ごめんね。今日もご飯抜きだよ」

そんな日は、初音と猫骸骨は空きっ腹を抱えて、身を寄せ合うようにして、互いの腹の虫を子守歌代わりに眠るのだった。

親を知らない捨て猫の猫骸骨にとっては、初音が母親のようなものであった。

初音には夫婦約束をした男がいる。

「銭を貯めて店を持つから、そのときは一緒に苦労してくれないかい？」

と、小間物屋の奉公人の吉次《きちじ》という男に口説かれたのである。

芸というのは残酷なもので、努力すればどうにかなるものではない。しかも、見込みがないと最初に気づくのは、たいてい自分自身と相場が決まっている。

すでに初音も自分に才能がないと気づいていた。小唄に見切りをつけて、吉次のおかみさんになることを楽しみにしていたのだ。

猫骸骨は初音の小唄が大好きだったが、それ以上に幸せになって欲しかった。しょせん猫の身にすぎない猫骸骨にはよく分からないことだが、ときどきやってくる吉次は、やさしい男のように見えた。

聞けば、吉次も親に捨てられ、苦労に苦労を重ねた男であるらしい。猫骸骨のことも気づかってくれた。

「ずいぶん瘦《や》せた猫だねえ」

と、煮干しをくれることもあった。

猫骸骨も、初音と吉次の間で暮らすことを楽しみに待っていた。

好事魔多しと言うけれど、天は初音に、ほんのちょっとの幸せさえも無償《ただ》では与えぬつもりらしい。

ある日、突然、吉次が流行病《はやりやまい》に倒れてしまったのであった。すぐにでも医者に診《み》せなければ命にかかわると評判の病である。

奉公先の主人が心配をしてくれたが、小さい商家のことで、吉次を医者に診せるだけの余裕はない。それどころか、このままでは解雇されてしまいそうだ。

「心配しなくても、すぐによくなるさ」

と、吉次は笑ってみせたものの、日に日に痩せ細り、あっという間に骨と皮だけのようになってしまった。

初音は吉次を医者に診せることを決心する。

本来であれば、三度の飯も満足に食えない小唄の師匠ごときが、医者を頼むことなどできるはずがないが、世の中の巡り合わせというやつはよくできたもので、小唄の弟子に秋安《しゅうあん》という名の医者が一人いた。

噂に耳を澄ましてみると、秋安は長崎で唐人に医術を学んだという腕のいい医者であるというのだ。秋安の薬を飲んで、死病がけろりと治ってしまったという話もよく聞く。

初音だって、秋安が無愛想な男であれば頼もうとは思わなかっただろう。

しかし、秋安はそろそろ初老の落ち着いた男で、いつも穏やかに笑みを浮かべていた。猫骸骨のことを気に入っているようで、稽古に来るたびに、猫骸骨の頭や背中をやさしい手つきで撫でてくれる。猫を飼っているという話を聞いたことはないが、その所作を見ると、猫好きであるようだ。

そんな気安い相手ということもあって、初音は稽古の後で事情を話し、吉次の治療を頼んだのであった。

「あのままだと、あの人、死んじまいます」

初音の目から、ぽろぽろと涙がこぼれた。

泣けば頼みを聞いてもらえると思うほど世間知らずではないが、泣かずにいられるほど擦《す》れてもいない。

貧乏に耐えることはできても吉次のいない生活には耐えられない――。そんなことを早口に言った。

もちろん自分が無理を言っていることは分かっている。

医者に頼めば何両もの金が飛ぶ。さらに、秋安は長崎帰りの名医なのだ。十両どころか百両の金を請求されるかもしれない。

逆立ちしたって、仮にこの身を岡場所に売ったって、百両なんて金は出せない。にべもなく断られるかと思ったが、秋安の言葉は柔らかかった。

「流行病に効く薬を持っております。南蛮では簡単に治る病気と言われていますな」

思いがけない話に、初音は言葉を失った。それから、ほんの一拍ほど置いて、吉次が助かるかもしれないという実感が湧いてきたらしく顔に血の気が戻った。

「先生、お願いでございます」

と、文字通り、頭が畳にめり込むほどの勢いで土下座を始めた。

言うまでもなく、無料《ただ》で手に入るものなど、この世には滅多にない。

秋安は静かな口調で初音に言った。

「それなりに値の張る薬ですよ」

「一生かかっても、お支払いします」

初音は必死に言う。

しかし、秋安は首を振った。

「初音師匠の一生はともかく、わたしの一生の残りはそんなに長くありません。待っているうちに終わっちまいますよ」

そう言われてしまうと返す言葉もない。

——では、どうしたら、その薬とやらをもらえるのだろうか。

思案顔の初音に秋安は言う。

「師匠の持っているものと交換してくださるのなら、一銭もいりません。薬は差し上げましょう」

「え？」

初音は戸惑う。南蛮渡来の薬と交換できるような高価なものを、自分が持っているとは思えない。

「あたしの持っているものですか？」

初音が聞くと、秋安は部屋の隅で丸くなっている猫骸骨を指さした。そして、静かな口振りで言う。

「この猫を譲ってくれませんか？」

「にゃ？」

思わぬところで名指しされた猫骸骨の耳がぴくりと動いた。

初音は目を丸くする。

「猫を……ですか？」

秋安は再びうなずいた。

「師匠は、わたしが三味線を引くことを知っていますよね？」

「ええ」

初音は曖昧にうなずく。

「三味線っていうのは猫の皮の質で音が違ってくるんですよ」

いかに鈍い初音でも、秋安が何を言おうとしているのか分かった。秋安は猫骸骨の皮で三味線を作ろうとしているのだ。

「譲ってくれませんかねえ、師匠」

「そんな……」

初音の目が焦点を失う。

「猫を譲ってくだされば、すぐにでも薬をお渡ししますし、何でしたら、わたしが吉次さんとやらを診ましょう」

「にゃあ……」

猫骸骨は鳴いた。

*

効く薬という秋安の言葉に嘘はなく、三月《みつき》もすると、吉次の病はけろりと治ってしまった。

その後、初音と吉次は夫婦となり、本所深川の外れに秋安の援助を受け、小さな小間物屋を始めた。

夫婦の間に、まだ子供はないが、町内でも評判のおしどりで、借金を抱えて始めた小間物屋も少しずつ大きくなっているという。

一方、秋安は、医者の不養生というわけではあるまいが、夏風邪を引いて寝ついたと思ったら、あっという間に死んでしまった。家族のいない秋安の世話をしたのは初音であり、秋安の持っていた三味線を形見代わりにもらい受けていた。初音には見たくもない三味線であったが、秋安の形見と思えば捨てるに捨てられない。ましてや、いくつかもらい受けた三味線の中のひとつが猫骸骨なのだ。

そのせいなのか、夜更けになると、どこからともなく猫の声と三味線の音が鳴り響くというが、どこまで本当のことなのか分からない。

2

息を潜め、夜の小路を歩く伸吉と小風の前を、猫骸骨が歩いて行く。この小路の先に、話に聞く初音の小間物屋がある。

小間物屋といっても、日本橋の洒落た店のように金持ち相手にしているわけではない。本所深川の貧乏人が、小銭を握りしめて、ちょっとした楽しみのために買いに来るような店なのだ。

雨が降らず、食いものの値段が高騰している今は、客が寄りつかなくなっているらしい。

「みんな雨が降らなくて困っているんだねえ……」

仲吉は自分の懐を思い浮べながらつぶやいた。

それはそれとして、二人の前を歩く猫骸骨の顔は、やけに真面目で、骸骨の幽霊だけに恐ろしく見える。小風と仲吉がつけていることにも気づいていないようだ。

（猫骸骨は飼い主のために三味線にされちまったんだよね）

聞いた話を耳にしただけで切なくなる。

家族のようにと言いながら、初音は男のために猫骸骨を三味線にしたのだ。

（あんまりだよ）

仲吉は悲しくなる。

人でも動物でも同じだが、成仏できないのは、この世に未練があるからで、きっと猫骸骨は三味線にされたことを恨み、それが未練となっているのだろう。

「呪い殺すつもりなのかねえ……」

「さあな」

小風は素っ気ない。

「猫骸骨は人を呪ったりしないよね」

伸吉は食い下がる。不安と切なさで胸が潰れそうだった。

「カアー……」

八咫丸も仲間を心配している。カラスだけに猫が苦手なはずの八咫丸であるが、やさしい猫骸骨のことは好きであるらしい。

しかし、小風の言葉は冷たい。

「三味線にされたのだ。呪ってもおかしくなかろう」

「そんな……」

「幽霊など、誰かを呪うためにいるようなものだ」

小風は独り言のようにつぶやいた。


小間物屋の女房となった初音の朝は早い。夜遅くまで起きていることも多かった小唄の師匠だったころと違い、日が落ちると同時に眠りに落ちる。

初音の家は行灯《あんどん》の火も落とされ、暗く静まり返っている。外から見ると、人が住んでいるのかどうかも分からなかった。気がつくと猫骸骨の姿を見失っていた。

そんな静寂の中、小風と二人で初音の家の前に立っていると、どこからともなく、

べんべんべん……――

――と、三味線の音が近づいてきた。

「何か来たよッ、小風ッ」

伸吉は悲鳴を上げる。ただの三味線の音でないことはすぐに分かった。べんべんの音が近づいてくるたびに、ぷつりぷつりと鳥肌が立つのだ。

「うむ。化け物のようだな」

小風は涼しい顔をしている。

「ええッ、化け物ッ。……早く逃げなきゃ」

伸吉は慌てふためくが、ぽかりと小風に叩かれた。さらに、小風は脅すような口振りで伸吉に言う。

「見つかったら食い殺されるぞ。死にたくなければ黙っておれ」

――死にたくないに決まっている。

伸吉は悲鳴を呑み込み、両手で自分の口を塞いだ。

刻一刻と、べんべんべんという音が大きくなり、何かが近づいてくる。伸吉の毛穴からぬるりとした汗が噴き出す。

「隠れた方がよかろう」

小風は物陰に伸吉を引っぱり込む。

一瞬の間も置かず、それらが姿を見せた。

数えきれぬほどの化け猫が、各々、三味線を弾いているのだ。

そして、その三味線の音に引き寄せられるように、四方八方から、さらなる化け猫どもが次々と集まってきている。

小風が舌打ちする。

「秋安とやらは何匹の猫を三味線にしたのだ」

見る見るうちに、三味線を弾く化け猫の数は膨れ上がり、初音の家は取り囲まれてしまった。

「カアー……」

怯えたように八咫丸が小風の背中に隠れた。伸吉だって隠れたい。秋安に三味線にされた恨みを晴らそうと集まりつつある化け猫たちは、口が裂け、真っ赤な舌をちろりちろりと見せている。

しかし、いくら腹を立てたところで、この世に秋安はいない。化け猫どもは、その恨みを初音相手に晴らそうというのだ。

「そんな……ひどい……」

卯女のせいで、悪霊たちに恨まれている伸吉にしてみれば他人事《ひとごと》とは思えない。

「悪霊がひどいのは当たり前だ」

相変わらず小風は素っ気ない。

いつもなら小風の冷たい言葉に泣きべそをかきかねない伸吉であるが、今日はそれどころではない。

こそこそと隠れながらも、目を皿のようにして化け猫たちを盗み見ている。

白猫、黒猫、三毛猫、それに虎猫と、ありとあらゆる種類の化け猫が揃っている。

中には、猫骸骨のように骨だけの化け猫もいるが、どこを見ても、見知っている猫骸骨の姿はないように思える。数が多すぎて正確なところは分からないのだ。

「猫骸骨はいないよねえ」

伸吉は不安になる。

「ふむ……」

小風は曖昧にうなずいている。何やら思うところがあるらしい。

それから、しばらくの間、化け猫どもの三味線に耳を傾けていたが、思いついたように口を開いた。

「では、寺子屋に戻るか」

と、今すぐにでも空飛ぶ唐傘に腰かけかねない風情を見せる。

小風の言葉はあまりにも唐突だった。

「え？　でも……」

伸吉は戸惑う。伸吉だって、化け猫の三味線部隊になんぞ囲まれていたくもないが、恨みを買っている初音のことが気がかりである。

「初音は大丈夫かねえ……」

小風に聞いてみる。ここで、小風が「大丈夫だろう」とでも言ってくれれば、安心して寺子屋に帰るところだが、残念なことに、世の中というやつは伸吉の思うようにはいかないようにできている。

「大丈夫なわけはなかろう」

　小風は断言する。

「そんな……」

「化け猫《やつら》の三味線を見てみろ」

　言われるがままに、三味線に目を移してみるが、野暮な仲吉には普通の三味線にしか見えず、小風が何を言いたがっているのか分からない。

「本当に鈍い男だな」

　と、ため息をひとつついて、小風はとんでもないことを言った。

「あの三味線は人の皮でできておる。よく見れば分かろうが」

「…………」

　仲吉は言葉を失った。人の皮の三味線など見たくもないし、分かりたくもない。それなのに小風は話を続ける。

「化け猫どもは、初音の皮を剝ぎに来たのだろうな」

「ひぃ……」

　想像しただけで全身が痛くなる。皮を剝がれて三味線にされてはたまらないだろう。

「助けないと」

「そうか。頑張れ、馬鹿師匠」

と、小風は伸吉の背中を突き飛ばした。

「え？　ええッ？」

まさか突き飛ばされるとは思っておらず、伸吉はよたよたとよろけながら、化け猫どもの前に出てしまった。

それまで、べんべんとうるさかった三味線の音が、
ぴたり――

――と、止まった。

化け猫どもは、丸々と太ったねずみを見るような目で伸吉のことを見た。

今にも卒倒しそうな伸吉であったが、こんなところで気を失っては間違いなく食われてしまう。

「ええと……」

言葉に詰まりながらも後退《あとずさ》る。

しかし、逃げ場はなかった。いつの間にやら化け猫どもに取り囲まれている。

「どうして、いつもあたしばかり」

仲吉は嘆くが、化け猫どもは聞いてくれない。

「旨《うま》そうだな、人の子」

と、猫らしさの欠片《かけら》もない口振りで話しかけてくる。

「あたしは美味《おい》しくないよ。うん。こう見えても七味唐辛子ばかり食べているから、ぴりぴりしちまうよ」

焦りすぎて、自分でも何を言っているのか分からない。

化け猫どもは仲吉の言葉などに耳を貸そうとせず、再び、べんべんべんと三味線を弾きながら、じわりじわりと囲んでいる輪を狭める。

いつもであれば、ここらで、ぱらりと小風の唐傘が開くところであるが、ちらりと見ても欠伸をしているだけで、そんな様子もない。

――ひどいよ、小風。

と、声に出さず言うが、小風がひどいのは今に始まったことではない。会ったときから、この調子なのだ。今さら言っても仕方がない。

何本もの化け猫どもの手が、伸吉をつかもうと、にょきりと伸びてきた。恐ろしさのあまり失神しそうになった、その刹那、聞きおぼえのある声が伸吉の耳を打った。

「やめますにゃ」

その声に誘われるかのように、まん丸の満月が夜空にぽっかりと顔を出し、周囲を明るく照らした。

屋根の上に、白い骨の猫幽霊――猫骸骨が立っている。見れば、なぜか、小さな風呂敷包みを背負っている。

猫骸骨は凜々しい声で言う。

「伸吉師匠を離すにゃ。言うことを聞かないと許しませんにゃ」

そして、にゃんぱらりんと屋根から飛び降りて、泣きべそをかいている伸吉の前に降り立った。

「猫骸骨……」

仲吉は教え子に縋りつく。

「後はにゃあに任せますにゃ」

自信たっぷりの猫骸骨は言葉を続ける。

「こう見えても、にゃあは〝化け猫空中三回転〟を習得してますにゃ。強いですにゃあよ。とってんぱーのにゃんぱらりってですにゃ」

何を言っているのか分からないが、とにかくすごい自信である。

しかし、猫骸骨は弱かった……。

颯爽と地べたに降り立ったまではよかったが、化け猫どもに、三味線でぽかりぽかりと叩かれると、すぐに音《ね》を上げた。

「乱暴はやめますにゃ」

仲吉の教え子だけあってだらしない。泣きそうな顔をしている。

「猫骸骨――」

へっぴり腰で仲吉が助けに入ろうとしたが、

「退け」

と、背中を蹴飛ばされた。

倒れかける伸吉の目の端で、

ぱらり——

——と、赤い唐傘が開いた。

真っ赤な唐傘を差して、小風が立っている。

「面倒な話だ。猫ども、さっさと消えろ」

「また邪魔者か」

化け猫どもが唸《うな》り声を上げる。

「話しても分からぬようだな」

たいして話してもいないくせに決めつけた小風は、しゅるりと右の手首から三途の紐を解くと、きゅっと自分の髪を後ろ手に縛り上げた。

——馬の尻尾のように見える。

くるりくるりと赤い唐傘が回り、一寸先も見えないような濃い霧が立ち込めた。

身を焦がすほどの熱風が伸吉を吹く。

小風の声が霧の中で谺する。

「焦熱地獄その三、竜旋処《りゅうせんしょ》」

その言葉が合図であったかのように、ゆっくりと霧が晴れた。

――やけに暗い。

さっきまで照っていたはずの月が消えている。

いや、消えているのではない。

天空を見上げると、山ほどの大きさの竜が浮かんでいた。化け猫どもが三味線を放り出して逃げ始める。

「行儀の悪い猫ども、地獄の竜に躾《しつ》けてもらうがいい」

小風の声が無情に響く。

大きな図体をしているが、竜の動きは素早い。

次々と、逃げ惑う化け猫どもを捕まえると、噛み砕き飲み込んでいく……。

「ひえぇッ」

仲吉は悲鳴を上げる。化け猫よりも小風の方が百倍も恐ろしい。

「馬鹿師匠も行儀よくするがいい」

小風の言葉に、仲吉がこくりこくりうなずくと、竜は天空に昇り姿を消した。

くるりん――

――と、小風が唐傘を閉じた。

すると、月が顔を出し、元の本所深川の風景に戻った。夢でない証拠に、化け猫どもの姿は一匹も見えない。

きょろきょろと辺りを見回し、仲吉は気づいた。さっきまで、その辺にいたはずの猫骸骨がいないのだ。

「あれ？　猫骸骨は？」

仲吉は不安になる。

「初音に仕返しに行ったのではないのか」

小風の言葉に仲吉は慌てる。猫骸骨の姿を思い返すと、何やら小さな風呂敷包みを持っていた気がする。

――あの中に、復讐道具が入っているのかもしれない。

べべんべんと三味線を弾きながら初音に襲いかかる猫骸骨の姿が思い浮かび、仲吉は目の前の家に飛び込んだ。

3

猫骸骨の後ろ姿はすぐに見えた。

灯りのない家の中、猫骸骨は抜き足差し足忍び足で歩いている……。

やがて、かすかに寝息の聞こえる部屋に入って行った。きっと、その部屋で初音夫婦が寝ているのだろう。

戸の隙間から仲吉と小風は部屋の中を覗き込む。

大胆にも猫骸骨は行灯に火を入れた。それでも、初音と吉次はよほど疲れているのか、はたまた猫骸骨の術なのか起きる気配もない。

江戸に雨が降らなくなってから、江戸中の人間が骨身を削って働き、夜になると泥のように眠ると聞く。

猫骸骨は部屋の片隅に置かれている小さな文机《ふづくえ》の前まで行くと、風呂敷包みを解きにかかった。何やら必死な様子で、部屋を覗き込む伸吉と小風にも気づかない。

風呂敷包みの中から、人の皮を剝ぐ道具が出てくるのかと伸吉は息を呑む。

そんなことをしちゃ駄目だよ――。今すぐにでも飛び出して行きたかったが、小風が着物の裾《すそ》をつかまえたまま放してくれない。

猫骸骨の風呂敷包みから出てきたのは、人の皮を剝ぐ道具ではなく、寺子屋で使っている半紙と筆であった。

――いったい、何をするつもりなんだろうねえ？

思わず口を開きかけた伸吉の頭を、ぽかりと小風が叩き、言葉を奪った。

――黙って見ておれ。

小風はそう言いたいらしい。

叩かれ方で、小風の言いたいことが分かるのだから、我ながらたいしたものだ。

伸吉は下らないことに感心する。

それから四半刻《しはんとき》ほどの間、猫骸骨はうにうにと半紙に筆を走らせていた。まともに筆を持てない猫骸骨なので、苦戦しているのが傍からでも分かる。

しばらくすると、諦めたように「にゃあ」とため息をつくと、すごすごと部屋から出て行ってしまった。よほどがっかりしているらしく、すぐ隣を通ったのに伸吉と小風に気がつかない。

あっという間に猫骸骨の姿が見えなくなる。

「カアー……」

聞こえるか聞こえないかの小声で八咫丸が心配げに鳴いた。

「部屋に入ってみるか」

小風が部屋に入って行く。

見ず知らずの夫婦の寝室に入って行くのは気が引けたが、それ以上に猫骸骨のことが気にかかる。伸吉は小風の後を追った。

文机の上には反故紙《ほごがみ》が転がっている。猫骸骨は書き置きをするつもりだったのかもしれない。

「ふむ」

小風が反故紙を拾い上げ目を走らせる。それから、つぶやくように言った。

「この字は読めんな。少なくとも初音には無理であろう」

伸吉は覗き込んだ。

確かに、ぐにゅぐにゅと蚯蚓《みみず》がのたくっているような線が引かれているだけに見える。このぐにゅぐにゅを文字と気づくものはいないかもしれない。

しかし、師匠である伸吉の目には、猫骸骨の文字がちゃんと読めた。伸吉以外の人間の目には読めないであろうたどたどしい筆跡で書かれていた。

〝飼ってくれてありがとうにゃ〟

この言葉を初音に伝えるために、猫骸骨は寺子屋で文字の練習をしていたのだ。

「しっかり教えてやるのだぞ、馬鹿師匠」

小風は言った。

其ノ五　卯女、夜の永代橋に現れるの巻

1

「ふむ。困ったことになった」

翌夜、起きてくるなり小風が言った。

いつものように右肩に乗っている八咫丸が、やけにしょんぼりしている。

「カアー……」

鳴き声も弱々しい。

「どうかしましたかにゃ？」

「みゃあ？」

猫骸骨とチビ猫骸骨が心配そうに八咫丸の顔を覗き込む。

「カアー……」

ずいぶん落ち込んでいるらしく、まともに返事をしない。

「八咫丸のせいではない。落ち込まなくともよい」

と、小風が声をかけると、八咫丸はいっそう身体を縮め、今にも消え入りそうな風情になった。

仲吉も黙っていられない。

「八咫丸が何か悪いことをしたのかい？」

気を遣ったつもりだったが、例によって仲吉の言葉は裏目に出る。

「カアー」

と鳴くと、小風の肩に顔を埋《うず》め泣きだしてしまった。

猫骸骨とチビ猫骸骨が冷たい目で仲吉を睨む。

「仲吉師匠は口のきき方を知りませんにゃ」

「みゃあ」

こう責められては仲吉の方が泣きたくなってくる。八咫丸のように小風の肩に顔を埋め泣きたかった。

「肩ならあたしが貸しますよ」

と、藤四郎が妙な科を作るが、仲吉にそんな趣味はない。それでも、肩を貸そうと藤四郎はにじり寄ってくる。

「あたしには小風って決まった娘がいるんだから、あっちへ行っておくれよッ」

と、思わず言ってしまった。

とたんに小風の殺伐とした視線を感じ、仲吉は両手で頭を庇《かば》った。唐傘でぽかりと叩かれると思ったのである。

しかし、いくら待っても、ぽかりはやってこない。

おそるおそる小風を見ると、いつも持っている赤い唐傘がない。

まさか、と口を開きかけたとき、仲吉より先に、小風の真似ばかりしているしぐれが口を挟んだ。

「小風お姉さま」

「ん？」

「唐傘はどうなさいましたの？」

「なくなった」

小風の返事は短い。

しぐれはしばらく考えた後、自分のおんぼろ唐傘をちらりと見て、小風相手に質問を続ける。

「売ってしまわれたのですか？」

——それなら、わたくしに売ってくだされればいいのに。

しぐれときたら、そんな顔をしている。小風の唐傘があれば、見世物興行でもっと金を稼げると算盤を弾いているのだろう。

「売っておらん」

小風は憮然《ぶぜん》としている。よほど機嫌が悪いのか、無愛想というより無慈悲な顔に見える。

「それじゃあ、いったい……？」

何が起こったのか分からず、きょとんとしている仲吉たちに小風は言う。

「盗まれた」

その言葉を聞いて、八咫丸が小風の背中にこそこそと隠れた。意外な出来事を耳にして、仲吉たちは言葉を失う。

間の悪い沈黙の中、カタカタと茶運び人形が小風に茶を運んできた。

小風は当然のように茶を受け取り、軽く咽喉を潤すと事情を話し始めた。

「寝ている間に盗まれたようだな」

幽霊である小風はお天道様が顔を出すと眠りに落ちてしまう。その間、八咫丸が小風の唐傘を見張っているのであるが、いくら三途の川からやってきたカラスでも、ずっと眠らずに起きていられるわけではない。

この日、八咫丸は小風の近くでうとうとしてしまい、気づいたときには日が暮れ、いつの間にか唐傘も消えていたというのだ。

「カアー……」

八咫丸は責任を感じているらしい。すっかり悄気《しょげ》返《かえ》ってしまっている。

「へえ、昼間に泥棒が入ったんだ」

仲吉は驚く。

この寺子屋には、小風だのしぐれだのと棲みついているし、猫骸骨や上総介のように毎日のように通ってくる連中もいるが、考えるまでもなく、誰も彼も幽霊ばかりなので昼間は出てこない。

人の子である伸吉も寺子屋で教えているか、疲れ果てて寝ているかで、用心らしい用心などしたことがなかった。

「でもねえ……」

自慢じゃないが、本所深川に鳴り響く貧乏寺子屋である。借金はあるけれど、銭と名のつくものは何もない。

そんなところに、わざわざ入って、唐傘だけを盗むような泥棒がいるとは思えない。実際に盗まれたのだから、いるのだろうが……。

「この事件は〝うらめしや〟にお任せください、小風お姉さま」

しぐれが話に割り込んできた。見れば、何のつもりなのか、目など悪くないはずなのに丸眼鏡をかけている。

「任せるのは構わぬが、手に負えるのか？」

小風が疑り深い顔でしぐれを見る。

「もちろんでございますわ、お姉さま。――おじいさまの名にかけてッ」

しぐれの祖父が誰であるか知らないが、とにかくすごい自信である。

「うむ」

小風はうなずく。どうやら、しぐれに依頼するつもりらしい。

「つきましてはお姉さま。お代の方を」

名探偵がいきなり商人になる。

「銭は馬鹿師匠からもらっておけ」

小風は勝手に決めつけた。さらに、勝手に話を進める。

「それで、唐傘泥棒の犯人は誰なんだ？」

いきなり真相を聞いている。小風も性急だが、しぐれも負けていない。

「犯人はこの中におりますわ」

突如、謎解きを始める。捜査をしようなどとは思わないしぐれである。小風は小風でしぐれの言葉を真に受ける。

「ほう。この連中の誰かが唐傘を盗んだというのか？」

小風の目が殺気立った。ちなみに、寺子屋に姿を見せているのは、伸吉、小風、しぐれ、藤四郎と音之介の五人に、八咫丸と二匹の猫骸骨である。

「あたしじゃないよッ」

真っ先に疑われそうな気がしたので、伸吉は先手を打って否定した。

「にゃあでもありませんにゃ」

「みゃ」

猫骸骨とチビ猫骸骨も首を振る。

「慌てるところが怪しいですわ」

と、しぐれがつぶやいた。

「犯人はおぬしらか？」

小風が悪魔のような恐ろしい顔で伸吉たちを睨む。

「知りませんにゃッ。お仕事がなくなって、お金に困っていますにゃが、泥棒はしませんにゃッ」

「みゃあッ」

「あたしだって盗むのなら、もっと他のものを――」

伸吉が本音を言いかけたとき、ぱしりとしぐれに唐傘で叩かれた。背丈が低いということもあって、唐傘は伸吉の唇に当たり、口紅を差したように赤くなってしまった。

「天に代わって、お仕置きですわ」

しぐれは訳の分からない決め台詞を言っている。

必死に否定し続ける伸吉と二匹の猫骸骨を見て、小風は言った。

「こやつらではあるまい。そんな度胸があるとは思えぬ」

「わたくしもそう思っておりましたわ、お姉さま」

しぐれは適当である。

だが、そうなると、犯人候補は藤四郎と音之介しか残っていない。

最初に口を開いたのは藤四郎だった。

「おりゅうお姉さま以外の女の人の持ち物なんて、汚らしくて触りたくありませんわ」

相変わらず腹の立つ水芸師であるが、嘘をついているようにも見えない。

すると、残りは一人しかいない。一同の視線が音之介に集まる。

「謎はすべて解けましたわッ」

今さら、しぐれは音之介を指さすが、当の白い男は黙ったまま、なぜか伸吉の顔をじっと見ている。

「あの、音之介さん……？」

と、話しかけても返事をしない。

「きっと仲吉師匠に惚れちゃったんですよお」

藤四郎が気色の悪いことを言いだすが、色恋の顔つきでもないような気がする。

ただ、ここで黙り込むのはいかにも怪しい。

「とりあえず拷問しておきますわ」

しぐれが鞭を出しかけたとき、ようやく音之介が口を開いた。

「……似ている」

「へ？」

聞き返す仲吉の言葉など音之介は聞いていない。

音之介は独り言のようにつぶやいた。

「仲吉殿、おぬしは卯女殿の血筋であったのか？」

2

日出づる処である日本には八百万の神がいるというが、江戸にある商売の種類も真砂《まさご》の数ほど存在している。

雪灯音之介は除霊師の父と母との間に生まれた。

――いや、正確には生まれたのではない。雪の降る夜に寺の門前に捨てられていたというのだ。

江戸の町で捨て子は珍しくないし、雪灯夫妻には子がなかった。色が白すぎるところはあったものの、音之介の整った顔立ちを父母は気に入り、家に連れ帰ったという。以来、音之介は雪灯夫妻の子として育てられる。

雪灯の家は、もともと武士の家系であったが、役目をしくじり浪人となった後に除霊師の看板を掲げたのであった。

幸いなことに霊力のようなものはあって、悪霊を石に封じ込める程度のことはできたが、言ってみれば禄《ろく》を失った浪人が食い詰めて苦し紛れに始めた商売にすぎない。音之介の父は武士の身分に戻ることを夢見ていた。

それでも、悪霊を石に封じ込める派手な技が目を引いたのか、音之介の父の除霊は物見高い江戸っ子たちの評判を取り、それなりに繁盛していた。

その息子である音之介は、侍だった時代を忘れられない父に武士の身形《みなり》や口のきき方を強要されたが、何不自由なく暮らしていた。

不幸が訪れたのは音之介が二十歳になったばかりのころのことである。一件の除霊の依頼が舞い込んだ。すでにこのとき、音之介は父の助手のようなことをしていた。

聞けば、永代橋のたもとに幽霊が出て、町人たちが困っているので祓《はら》って欲しいということであった。

昔から、このあたりには悪魔が出るという噂もあり、町人たちはぴりぴりと神経を尖らせていた。

暗闇に包まれた永代橋のたもとに音之介と父が着くと、火除地の真ん中に、音之介よりいくつか年下に見える少女が立っていた。しかし、こんな時刻に少女が一人で立っているわけはない。

――幽霊だ。

音之介はそう思った。

父に至っては、すでに首にかけている〝幽霊封じの数珠の首飾り〟に手を伸ばしている。この少女を封じてしまうつもりなのだ。

それを見て、少女はため息をつき、呆れたようにつぶやいた。

「お馬鹿な殿方でございますこと」

丁寧な口振りで罵《のの し》っている。

馬鹿と言われて怒らぬ男は珍しい。ましてや音之介の父は浪人上がりで、いまだに武士であろうと肩肘《かたひじ》張った暮らしを送っている。

「娘、無礼なことを申すでないッ」

と、朱に染まった顔で叱りつけた。

するとと、何を考えたのか、少女が、つかつかとこちらへ向かってきた。ぼんやりとしか見えなかった少女の姿が、はっきりと目に映る。

――紅《べに》。

見れば見るほど面妖な少女だった。

子供っぽい顔立ちをしているくせに、やけに赤い紅を唇に差し、口紅と同じ色の深紅の紐を右手の手首に、ぐるりぐるりと何本も巻いている。

父は刀の鯉口《こいぐち》を切った。少女に罵られた怒りもあってか、数珠ではなく刀で退治するつもりらしい。

どこまで本当のことなのか分からぬが、父の佩刀《はいとう》は〝村雨《むらさめ》〟と呼ばれる妖刀である。化け物でさえも斬り裂くと言われている。

「化け物がッ、くたばりおれッ」

村雨を少女に向かって振り下ろした。

「ふふん」

と、少女は鼻で笑うと、右の手首から赤い紐を、

しゅるり――――

――と、解いた。


そして、紐を鞭のように走らせた。

「おのれッ」

斬りつけたはずの父の悲鳴が夜の火除地に響く。

少女の紐は赤い蛇のように夜空を走り、村雨ごと父の身体に巻きついたのだった。

髪を縛るほどの細い紐など、簡単に切れそうに思えるが、妖刀をもってしても切ることはできないらしい。

「この化け物めッ」

父は負け惜しみのように喚くことしかできない。父の姿は紅色の糸を吐く大蜘蛛《おおぐも》に搦《から》め捕られているようであった。

少女は笑みを浮かべると言った。

「よくこれで除霊師などと名乗れますわね。恥ずかしくないのでございますか？　半端な除霊をされては迷惑でございます。もう除霊師などやめてくださいませ」

「うるさいッ」

父は怒鳴り返している。

怒鳴り返したところで意味はない。父だって分かっていようが、この少女は父ごときの敵《かな》う相手ではなかった。

——それだけではない。

父に伝えるべきか悩んだが、結局、音之介は口を開いた。

「父上」

しかし、父は聞こうとしない。

「音之介、下がっておれ」

大汗をかきながら、刀に絡みついた赤い紐と格闘している。この様子では、気づいていないようだ。

音之介は言う。

「父上、この娘は化け物ではございません」

「何？　そんな馬鹿な」

少女は音之介を見て「あら、あなたの方がましみたいね」と言うと、父に向かって名乗った。

「——人の娘でございます。寺子屋の娘で、卯女と申します」

3

「つまり、仲吉お兄さまのお祖母《ばあ》さまに恨みがあって、唐傘を盗んだのですね」

しぐれが眼鏡を右の親指と人差し指で直しながら、音之介の話を勝手にまとめた。

確かに音之介は怪しいが、しぐれの理屈は滅茶苦茶である。そもそも小風の唐傘を盗んだところで、卯女への恨みが晴れるものではなかろう。

音之介もしぐれに反論する。

「拙者、卯女殿を恨んでおらぬ。それどころか、卯女殿には世話になったでござる」

音之介は卯女からいくつかの術を伝授されているらしい。

よく分からないが、藤四郎に続き、音之介も犯人ではないようだ。仲吉は頭を抱え、しぐれは誤魔化すようにちゃりんちゃりんと小銭を数えだした。

「誰が犯人なんだろうねえ……」

下手《へた》の考え、休むに似たり。

仲吉ごときが悩んで解決する問題など滅多にない。そのくらいの自覚はあった。

それでも納得できず、うんうん唸っていると、茶運び人形がカタカタと仲吉の方に近づいてきた。

「何？」

以前、煮え立った茶をかけられ、殺されそうになった仲吉は身構えた。

しかし、見れば、盆の上に茶が置かれていない。

(隠しておいて油断したところで、お茶をかけるつもりだねえ)

ひどい目に遭いすぎて、すっかり疑り深くなっている。

一方の茶運び人形は伸吉の疑心なんぞお構いなしに、カタカタと寄ってくると、ぴたりと止まった。

——何やら、用があるらしい。

「どうしたんだい?」

及び腰で聞くと、茶運び人形は伸吉に盆を差し出してみせた。

目を落とすと、盆の上に閻魔大王の絵が描いてある封筒が置かれている。

「これをあたしにくれるのかい?」

伸吉の言葉に、茶運び人形がこくりとうなずく。いくら伸吉でも閻魔大王の絵を見れば、誰からの手紙なのか分かる。

「閻魔から手紙……」

もらってうれしいものではないが、雨が降らなかったり小風の唐傘がなくなったりと事件続きである以上、竜神さらいに関係していそうな閻魔の手紙を無視するわけにはいくまい。

「早く読んでみろ」

「カアー」

小風と八咫丸が催促する。

仕方なく茶運び人形から手紙を受け取り、封を開けると、素っ気ない文字が並んでいた。

「唐傘を返して欲しければ、源覚寺《げんがくじ》の〝こんにゃくえんま〟の前まで来い。竜神もそこにいる」

其ノ六　伸吉、小石川に行くの巻

1

小石川には幕府の薬草園が置かれているということもあり、昼間は病気に悩む老若男女の姿も多い。

その小石川の一画に、源覚寺のこんにゃくえんまはある。

「こんにゃく師匠と似ていますね」

と、しぐれは言うが、伸吉とは何の関係もない。ちゃんと由来があった。

宝暦《ほうれき》のころ、眼病を患った老婆の祈願を聞き入れた閻魔は右目を差し出し、老婆の眼病を治したのだ。老婆は礼として大好物のこんにゃくを断ち、これを閻魔像に供えたのであった。

以来、源覚寺の閻魔像は〝こんにゃくえんま〟と呼ばれ、信仰を集めている。

——ここに閻魔がいるというのだ。

地獄まで行かずに済むのはありがたいが、いくら、〝こんにゃくえんま〟と呼ばれているからといって、下界に閻魔がいる理由が分からない。

「江戸は進んでいるでござるよ」

閻魔と面識のある音之介も源覚寺について来ている。このほかにも、伸吉に小風、八咫丸、しぐれ、猫骸骨、チビ猫骸骨、それから藤四郎と大人数である。

「進んでいる？」

「さよう。地獄にからくりはござらぬ」

「はあ」

意味が分からない。

音之介は説明を続ける。

「閻魔はからくり人形職人になろうと修業しているのでござる」

「修業？」

伸吉がきょとんとしていると小風が口を挟んだ。

「不精者なのだ、あやつは」

「不精者？」

言いたいことは何となく分かるが、不精者が深川の寺でせっせとからくり人形作りに励んでいるというのは、何となくおかしい気もする。

「勤勉な不精者だねえ……」

「勤勉なものか」

と、小風は首を振る。

「作るのに手間がかかろうと、長い目で見れば、自分でからくり人形を作れば楽であろう。人形に地獄の仕事も任せられる」

言われてみればそんな気もしてくる。それでも念のため聞いてみた。

「からくり人形が地獄の仕事をするの？」

「うむ」

小風はうなずき、すっかり手なずけて連れて歩いている茶運び人形から茶を受け取り、咽喉を潤している。

「からくり人形は文句を言わん。生きものを使うより楽だろう？」

「なるほどですわ」

しぐれが大真面目な顔で、小風の言葉を帳面に書きつけている。

こっそり覗き込むと、帳面の表紙には〝もののけ本所深川金儲け帖・しぐれ金持ちへ〟と書かれている。

ちなみに、しぐれは藤四郎を〝うらめしや〟の依頼人と決めつけ、ろくに姉さがしもしていないのに、水芸で稼いだ金をすべて剝ぎ取ってしまった。

「人に払うお金がいちばん高いですものねえ」

しぐれは言う。

――いや、しぐれに払う金がいちばん高い。

誰もがそう思ったはずである。〝唐傘しぐれ一座〟と名乗っているが、座員に銭を払ったという話を聞いたことがない。

「からくり人形を働かせれば、鬼はいりませんわね」

しぐれは感心している。

「鬼たちのお仕事がなくなりますにゃ」

猫骸骨が同情している。

しかし、そんな同情は不要だった。

見れば、門前に何匹もの鬼どもが剣呑な金棒を持って、門番よろしく立っている。

仕事はちゃんとあるらしい。

その鬼の数を、ひいふうみいと数えながら小風は言う。

「あの寺に閻魔がおるというのは本当らしいな」

そうでなければ鬼が寺の前で門番などするわけがない。

「お仕事があってよかったですにゃ」

猫骸骨はほっとしているようだが、これから閻魔に会いに行かなければならない身としては、ちっともよくない。

「小風、どうしよう……」

例によって小風を頼りにする。

「鬼を倒すしかあるまい」

小風の答えは明解だった。しかも、

「殺すのでござるな」

「お仕事を取り上げますにゃ」

「みゃあ」

「カアー」

と、この連中は血の気が多い。できれば話し合いで解決したい伸吉にしてみると、鬼も恐ろしいが身内も怖い。

「相手は地獄の鬼だよ？　地獄の鬼を殺したら、きっと地獄に堕ちるよ」

自分でも何を言っているのか分からぬことを口走っていると、とことことしぐれが前に出てきた。

「伸吉お兄さま、ここはわたくしにお任せくださいませ」

と、小銭の詰まった唐草模様の巾着袋を見せる。

「ええと？」

この小娘が何をするつもりなのか皆目見当がつかない。

「地獄の沙汰も金次第――」

しぐれは、お馴染みの台詞を歌うように言う。そして、伸吉たちを前に宣言したのだった。

「この世でもあの世でもいちばん偉い銭の力を見せつけてやりますわ」

〝うらめしや〟の仕事だからなのか、やけに張り切っている。

そんなしぐれに小風が言葉をかける。

「うむ。金は効くかもしれんな」

「カアー」

地獄事情に詳しい小風と八咫丸がうなずいている。

何となく不安もあったが、小風の唐傘がないのだから、ここはしぐれに頼るより他に方法が思い浮かばない。

「頼みますにゃ」

「みゃあ」

初音のために雨を降らせたい猫骸骨が頭を下げ、弟分のチビ猫骸骨もその真似をしている。

一身に期待を背負ったしぐれは颯爽と、門番をしている鬼のところへ歩いて行った。

「――何だ、貴様は」

鬼が恐ろしい顔でしぐれを睨む。仲吉であれば腰を抜かしているところである。

しかし、しぐれは鬼を怖がらない。

いきなり、にっこりと笑いかけた。

「……気色悪いな」

小風の言葉は的確である。

その言葉が聞こえないのか、無視しているのか分からないが、しぐれは笑顔を見せ続けている。

「何のつもりだ、小娘」

と、地獄の鬼さえも戸惑わせる笑顔である。

しぐれは聞く。

「お金、欲しくないですか？」

唐突であっただけに、さすがの鬼も嘘がつけなかったのだろう。地獄の鬼どもは素直に、こくりこくりとうなずいた。

そんな様子を見て、しぐれは地面を指さし大声を上げた。

「あっ、あんなところに小判がありますわッ」

背丈の小さなしぐれに釣られるように、地獄の鬼どもは屈《かが》み込み、暗い地面に目を落とす。

ぶんっ、ぶんっ、ぶんっ。

しぐれは唐草模様の巾着袋をヌンチャクのように振り回し、情け容赦なく地獄の鬼どもの脳天に振り下ろした。

がつんっ、がつんっ、がつんっ。

鈍い音が立て続けに響いたかと思うと、音もなく地獄の鬼どもが地面に崩れ落ちた。殴られたのが生身の人であれば脳天が砕けているところである。

「あやつは鬼か……」

「カアー……」

「みゃあ……」

唖然《あぜん》とする一同を前にして、しぐれは言った。

「これがお金の威力ですわ」

境内は閑散としている。

考えてみれば当たり前のことで、地獄の大王が、下界の人間や幽霊を恐れるはずはない。ましてや小風から唐傘を取り上げているのだ。わざわざ警戒する必要など毛筋ほどもなかろう。

2

しぐれが門番の鬼を簡単に倒せたのも、連中が油断していたからに他ならない。閻魔のいる寺の中までも簡単に辿《たど》り着けそうな気がする。しかし、

「油断してはいけませんわ。何が出るか分かりませんもの」

と、おんぼろ唐傘を手にしたしぐれが張り切っている。先刻、地獄の鬼を不意打ちにして調子に乗ってしまったらしい。

しかし、それも仕方がない。

唐傘がないと地獄を呼び出すことも、右の手首の〝三途の紐〟を使うこともできない。小風は霊力を失っている状態なのだ。

他の連中はもっと期待できない。

音之介は地獄に連れ戻されるのが怖いのか、すっかり静かになってしまった。藤四郎に至っては、きゃあきゃあと悲鳴を上げているだけである。

「人間の男は使えませんにゃ」

「みゃ」

猫骸骨は本当のことを言う。

上総介あたりなら頼りになりそうな気もしたが、歴史に残る織田信長の生前の行いというか悪行を見るに、地獄に堕ちるどころか、その場で釜ゆでにされかねず、さすがに連れてきかねた。

「上総介おじさまの釜ゆで？　お金を取れるわね」

と、しぐれが目を輝かせながら、〝もののけ本所深川金儲け帖〟に書き付けているが、伸吉は見なかったことにした。

そんなわけで、しぐれと茶運び人形だけが元気という有り様だ。

「閻魔おじさまをぶっ飛ばしてやりますわ」

――閻魔に勝てるのかねえ。

絶対に無理な気もするが、藤四郎の姉を取り戻さなければ江戸が乾いてしまう。

小風の唐傘だって取り返さなければならない。

小風も小風で、いつもと様子が違っている。

「いざとなったら、わたしが閻魔の嫁になればよかろう」

雨が降らないことより、小風は唐傘の方が心配なように見える。

小風にとって、赤い唐傘は、閻魔の嫁になっても取り返したいものであるらしい。

三途の川で八咫丸の足に引っかかっていたという話だが、何やら他に謂《いわ》れがあるように思える。

――今さらながら、小風には謎が多い。

そもそも小風は父をさがすために、現世にやってきたと言っているが、見たところさがしている気配がない。下手に突《つつ》いて成仏されても困るので放ってあるが、気にならないと言えば嘘になる。

臆病で他人の顔色を窺《うかが》うことが多い伸吉は、色々なことを想像してしまう。

伸吉の心を読める小風は「うむ」とうなずき、伸吉を見て言う。

「馬鹿師匠の考えていることは珍しく間違っておらん。父は――」

と、続きの言葉を口にしかけたとき、目の前に鬼娘が現れた。

抜けるような白い肌に青い髪、そして、唐《もろこし》の仙人が着るような青い道服を身につけている。

「朔夜《さくや》でござる」

音之介の顔に怯えが走る。伸吉たちも、音之介から、この鬼娘――朔夜のことは聞いている。十七、八にしか見えないが、〝地獄一の知恵者〟と呼ばれ、閻魔に学問を教えているというのだ。

白い肌と青い髪の見かけから、〝氷の朔夜〟とも呼ばれ、滅多に感情を表に出すことがないらしい。

朔夜は無表情に言う。

「あなたはお馬鹿ですね」

なぜか伸吉一人を見ている。

「まあ、馬鹿だろうな」

「カアー」

小風と八咫丸が勝手に返事をしている。味方とは思えない。朔夜よりもひどい言いぐさである。

朔夜は眉ひとつ動かさず、小風と八咫丸の言葉を無視すると言葉を続ける。

「お馬鹿な人の子が何しに来たのですか？」

凍りつくほど冷たい声で言われて息を呑んだが、考えてみれば、好きで来たわけではない。手紙をもらったから来ただけである。

「何しに来たって……あのねえ」

と、文句の一つも言ってやろうとしたが、朔夜は地獄の鬼だけあって自分勝手にできているらしい。あっさり遮られた。

「お馬鹿相手に話をするのは時間の無駄です」

相変わらず朔夜は伸吉を見ている。いくら伸吉でも、「馬鹿、馬鹿」と言われると腹が立ってくる。

コツコツと足音を響かせ、朔夜が歩み寄ってきた。嫌味なくらい整った色素の薄い顔がいっそう顕《あら》わになる。

（あれ？　どこかで見たような顔――）

と、首をひねりかけたとたん、顎に衝撃が走り、かくんと膝が落ちた。さほど痛くもないのに立っていられない。

　朔夜は言う。

「顎に一定の速度で衝撃を与えますと、ご覧のように脳が揺れて立っていられなくなります」

　閻魔の教育係だけあって理屈っぽい。

　この技術をどう使うつもりなのか分からないが、端で、しぐれがせっせと朔夜の言葉を〝もののけ本所深川金儲け帖〟に書き付けている。

「うむ。中々の手練《てだ》れのようだな」

　小風は小風で感心している。

　朔夜は一同をぐるりと見渡して言う。

「この朔夜に勝てる方はいらっしゃらないようですね。無駄なことはやめて、早くお帰りなさい」

「帰りますかにゃ」

「みゃ」

　猫二匹は諦めかけている。伸吉だって足が動けば帰りたかった。

そんな中、大声を上げたものがいる。

「姉上を返してちょうだいッ。そうすれば、すぐにでも帰るわよッ。実家にでもどこにでも帰りますともッ」

藤四郎である。しかし、よほど朔夜が怖かったのだろう。まるっきり、女言葉になっている。

「小風師匠の唐傘を返すにゃ」

「みゃ」

猫骸骨とチビ猫骸骨が藤四郎の尻馬に乗る。この二匹も仲吉に懐いているだけあって、いい加減にできているらしい。あっという間に手のひらを返した。だが、

「うるさい」

と、朔夜に叱られると、呆気なく「何よ」「にゃあ」「みゃ」と言いながら仲吉の背中に隠れてしまった。仲吉は仲吉で膝がかくかく笑い、立ち上がることができない。

情けない男連中に朔夜は言葉を続ける。

「姉上だの唐傘だのと訳の分からないことをおっしゃってないで、帰れるうちに帰

られた方がいいですよ」

「ふむ」

と、小風が口を開きかけたとき、
ぴゅう――

――と、熱風が頬を撫でた。

3

しゅるしゅると風が巻き、その風に運ばれてきたかのように、十六、七くらいの赤毛の鬼娘が現れた。

まるで肌を見せない道服姿の朔夜に対して、こちらの鬼娘は胸と腰に布を巻きつけただけという目のやり場に困る恰好をしている。しかも、別の意味で目のやり場に困る剣呑な金棒を持っている。

「暗夜でござる」

音之介が教えてくれた。

この鬼が、〝青鬼・氷の朔夜〟と地獄で並び称されている〝赤鬼・火の暗夜〟である。音之介が言うには、乱暴さにかけては地獄一であるらしい。

暗夜を見て、朔夜が顔をしかめる。

「またしゃしゃり出るつもりですか、暗夜」

「貴様に任せておくと朝が来てしまうわ」

暗夜は金棒を振り上げ、今にも殴りかかってきそうな顔をした。

朔夜はため息をつく。

「血なまぐさいのは好きではありません」

「ぬるい」

暗夜はぴしゃりと言う。それから、燃えるような赤眼で伸吉たちを睨み、恐ろしげな声で付け加える。

「閻魔の命を狙う下賤《げせん》のものどもに情けをかけてどうするつもりじゃ？」

いつの間にか、閻魔を殺しに来たことにされている。

――どうも先刻から話が食い違っている。

伸吉は口を開こうとしたが、恐怖のあまり上手《うま》く言葉が出てこない。女が二人並んでいるだけでも恐ろしいのに、それが鬼娘なのである。口がきけなくなるのも当然かもしれない。

一方、二匹の鬼娘は伸吉のことなど見ていない。勝手に話を進めている。

朔夜が肩を竦める。

「そこまで言うのなら、暗夜《そなた》に任せましょう」

何歩か後に退いてしまった。

「それでよい。黙って見ておれ」

暗夜はにやりと笑うと、虚空に呼びかけた。

「我が愛しき羅刹《らせつ》よ。一緒にこやつらの血を啜《すす》ろう」

剣呑な暗夜の言葉を吸い込み、虚空が、

ぐにゃり――

――と、歪《ゆが》んだ。

そして、そこから大きな影が生まれた。錆《さび》くさい血のにおいがあたり一面に漂っている……。

やがて、影は大きな鬼となった。この鬼が羅刹であるらしい。音之介から聞いたところによると、暗夜と羅刹は恋人同士であるという。

羅刹は朔夜や暗夜のように人に近い姿ではない。一つ目で歪《いびつ》に尖った角を持つ屋根ほどの巨体の鬼である。全身が真っ赤で針金のような体毛が疎《まば》らに生えている。まるで地獄絵から抜け出してきたようだ。

歩くたびに地響きが鳴り、砂煙が舞い上がる。一瞬の間を置き、舞い上がった砂がぱらぱらと落ちてくる。

「これはたまらぬ。汚れぬように傘でも差すか」

暗夜が見おぼえのある唐傘をぱらりと開いた。

「小風の唐傘ッ」

伸吉は叫び、がくがくと震える膝を無理やり動かし、唐傘を取り戻すべく暗夜に飛びかかった。

しかし、にょきりと、羅刹の腕が伸びてきた。伸吉の身体が浮かび上がる。

「ええ？　えええ？」

気づいたときには、羅刹に摘《つま》み上げられていた。すぐ近くに、牙を剝き出しにした恐ろしい羅刹の顔がある。

「食っていいか、暗夜」

とんでもないことを羅刹は暗夜に聞く。

「いいわよ。よく嚙んでお食べなさい」

暗夜は暗夜で勝手に許可を出している。

食われる伸吉にしてみれば、たまったものではないが、摘み上げられていてはどうしようもない。

「では、いただきます」

と、羅刹が伸吉を口に放り込もうとした刹那、その大きな眼球に、
ばしゃり――

――と、雪玉が命中した。

眼球が急所なのは人も鬼も同じらしい。ぎゃあぎゃあと悲鳴を上げ、羅刹は伸吉を放り出した。

べしゃりと地べたに叩きつけられ、息が止まりそうになったが、羅刹の餌《えさ》になるよりはましというものである。それでも涙を流すほどに苦しい。

そんな伸吉の滲《にじ》んだ視界の先で、はらはらと雪が舞っている。

季節外れの雪の中に人影が見える。

「大丈夫でござるか」

雪灯音之介が立っていた。

伸吉を救ってくれたのは幽霊の殺し屋であるらしい。眼球を押さえ悶《もだ》え苦しむ羅刹に音之介は言う。

「汚い顔でござるな。拙者が掃除して仕《つかまつ》ろう」

白い殺し屋は刀を抜き、羅刹に斬りかかった。

ようやく雪玉の衝撃から抜け出したのか、羅刹の一つ目が開く。しかし、羅刹は丸腰である。これでは音之介に斬られるだけであろう。

「羅刹ッ」

暗夜は名を呼ぶと、持っていた金棒を放り投げた。

くるりくるりと回転しながら、金棒は膨れ上がった。そして、大木ほどの大きさとなり羅刹の右手におさまる。

「金棒ごときの敵ではござらぬ。拙者の刀は、この世に斬れぬものはない斬鉄剣。覚悟なされ」

と、音之介は安土桃山時代の大泥棒・石川五右衛門の愛刀であったという斬鉄剣を翳《かざ》した。

しかし、羅刹の金棒はこの世のものではない。

キンッ、キンッと刀と金棒がぶつかり合い、金《かな》くさい火花が飛ぶ。音之介と羅刹が大立ち回りを始めたのだ。地獄の鬼と雪男だけあって、目にも留まらぬ速さで打ち合っている。

「地獄の鬼は羅刹だけではないわ」

暗夜は次々と空間を歪ませ、何十匹もの鬼を招喚する。暗夜は閻魔の片腕なのだ。言うことを聞く鬼などいくらでもいるのだろう。

「生意気な連中を殺せッ。食らってしまえッ」

暗夜に命じられた何十匹もの鬼どもが、伸吉たちを目がけ襲いかかってくる。

「あっちへ行っておくれよ」

「にゃあは食べられませんにゃ」

「みゃ」

と悲鳴を上げていると、しぐれが鬼に捕まってしまった。

「放してくださいませッ」

しぐれが悲鳴を上げるが、鬼が聞くはずもない。

「放してくださったら、十六文あげますわッ」

と、屋台の蕎麦《そば》なみの値段を口にするが、鬼どもは返事もしない。大口を開けて、しぐれに噛みつこうとしている。

「しぐれッ」

伸吉の悲鳴が源覚寺に響いたとき、

ぱんッ、ぱんッ、ぱんッ――――

――と、乾いた音が闇を引き裂いた。

次々と鬼どもが倒れていく……。闇の向こうから誰かが鉄砲を撃っているらしい。

噎《む》せ返るような硝煙の中、黒いビロードを靡《なび》かせた背の高い男が現れた。背中に鉄砲部隊を従えている。

「邪魔をするのは誰だ？」

暗夜が男に聞く。

ビロードの男は疳高い声で名乗りを上げる。

「第六天魔王、織田信長上総介である」

寺子屋に置いてきたはずの上総介が鉄砲部隊を引き連れ、小石川の源覚寺に姿を見せたのだった。

颯爽と登場した上総介を見て、しぐれが喚きだす。

「あんた、馬鹿じゃないのッ。こんなところに来て、閻魔に見つかっちゃったら釜ゆでにされちゃうのよッ」

上総介はにやりと笑って、しぐれに言う。

「そなたが教えてくれたのではないか？」

「何をよ？」

「英雄というものは一宿一飯の恩に報いる男だと」

上総介はしぐれから目を離すと、まだ何十匹も残っている地獄の鬼どもに向かって言った。

「地獄の鬼ならば相手にとって不足はない。根絶やしにしてくれるッ。――ものども、一匹たりとも逃がすなッ」

甲高い声で命じると、上総介自身も刀をすらりと抜き、地獄の鬼どもの群れに斬り込んでいった。

大騒動の中、小風が暗夜に歩み寄る。

「暗夜とやら、唐傘をこちらに渡してもらおうか」

「断る」

暗夜は即答する。

鬼娘を相手にしているというのに、小風の表情には怯えの色ひとつない。

「ぐだぐだ言わずに返さぬか」

「返せだと？」

暗夜はせせら笑う。

「これはこの暗夜様がもらったもの。貴様ごときに返せと言われる筋合いはない」

「くれてやっておらぬ」

「貴様ではない。他のものにもらったのだ」

「だから、誰にもらったというのだ？」

小風は無表情に言う。よほど腹を立てているのか、目が吊り上がっている。見ているだけなのに、伸吉の腕に鳥肌が立った。

しかし、暗夜はせせら笑いをやめない。小風の言葉をさらりと受け流すと、はじめて聞く名を口にした。

「茶々子《ちゃちゃこ》、参れ」

源覚寺の闇から、カタカタと音を立ててからくり人形が小風の前に現れた。

「む……」

小風の顔に狼狽が走る。

暗夜に命じられ姿を見せたのは、小風に懐《なつ》いていたはずの茶運び人形であった。

「おぬしのしわざなのか？」

信じられぬという顔で小風が茶運び人形——茶々子に問いかける。

返事をしたのは暗夜だった。

「小風とやら、貴様はアホウか?」

と、嫌らしい笑みを浮かべる。

「アホウ?」

「アホウだ。からくり人形にしわざもクソもあるわけなかろう」

——言われてみればその通りだ。

幽霊たちと暮らしているせいか、不思議なことに慣れ切ってしまったが、茶々子はからくり人形である。自分の意思を持つはずがない。小風に懐いているように見えたが、それは暗夜が操っていたのである。もちろん、油断させておいて小風から唐傘を奪うためにであろう。

「おぬし……」

小風はいまだに茶々子を信じているのか、茶運び人形を見つめている。

「地獄にまでその名が聞こえる〝唐傘小風〟とやらを、この暗夜様がなぶり殺しにしてやるか。——羅刹」

見れば、いつの間にか音之介は倒され、羅刹の畳ほどもある足に踏まれている。

いくら音之介が殺し屋であっても、地獄の羅刹相手には一歩及ばなかったらしい。

頼みの綱の上総介は、次々と湧いてくる鬼どもの相手だけで手いっぱいで、羅刹まで相手にする余裕はないようだ。

暗夜は羅刹に言う。

「小風を食っていいぞ」

羅刹は牙を剥きだしにして、小風に近寄ってくる。

——万事休す。

さすがの小風も信じていた茶々子に裏切られ愕然《がくぜん》としている。襲いかかってくる羅刹に気づいていない。

「カアーッ」

小風の危機に八咫丸が飛んだ。

黒い矢のように、羅刹の一つ目を嘴で突いたのであった。

「ぐわっ」

羅刹は悲鳴を上げながら金棒を振り回した。

「無茶だよ、八咫丸」

伸吉の口から言葉が漏れる。握りこぶしくらいの小ガラスが地獄の羅刹に敵うわけがない。

八咫丸にしても、地獄の鬼に勝てないのは承知の上だろう。きっと小風の唐傘を寝ている間に盗られたことを気に病んで無茶をしたに違いない。

「八咫丸、早く逃げぬか」

小風の言葉を無視して、再び、八咫丸は羅刹を攻撃しようとする。

「カアーッ」

と、威勢よく鳴いているが、誰がどう考えても無茶である。

ばしりッと鈍い音が響いた。

金棒が八咫丸に命中したらしい。

「カアー……」

一声鳴くと、八咫丸は地面に墜落した。

怒りがおさまらない羅刹は気配だけを頼りに八咫丸を踏みつぶそうとする。誰一人として八咫丸を助ける余裕はない。

と、そのとき、茶々子の目が光った。油断している暗夜に向けて熱い茶をかけたのだった。

「熱いッ」

赤毛の鬼娘も熱いお茶には弱いらしく、悲鳴を上げる。その隙をつくように、しぐれが銭のぎっしりと詰まった唐草模様の巾着で、

「お茶が熱いのは当たり前ですわ」

と、暗夜の手を叩いた。

赤い唐傘が暗夜の手から離れ、小凪の足もとにからからと転がった。

小凪は唐傘を拾い上げると、いったんこれをぱたりと閉じた。それから、右の手首の〝三途の紐〟をしゅるりと解き、自らの長い髪を馬の尻尾のように後ろに縛り上げる。そして、再び、赤い唐傘を、

ぱらり――――

――――と、開いた。

手慣れた仕草で、くるりくるりと唐傘を回しながら小風は言う。

「八熱《はちねつ》地獄のひとつ、無間《むけん》地獄」

不意に羅刹の足もとの地面がすうと消え、深い闇が生まれた。

その闇に吸い込まれるように羅刹が音もなく落ちていく……。

「二千年かけて地獄へ戻るがいい」

小風の声が冷たく響いた。

無間地獄というのは地獄の最下層にあり、辿り着くまで二千年もの間、落ち続けなければならないと言われている。

そして、羅刹と入れ替わるように、どこからともなく男が姿を現した。

4

「面白いことをしておるな」

二十歳そこそこの鼻筋の通った男が立っている。

その男は、〝王〟の文字が抜かれた冠帽子に唐《もろこし》の仙人の着る官人風の道服を着ている。

「二枚目のお兄さまですわ」

しぐれが品定めする。やや目が吊り上がっているが、薄い唇に、きりりとした顔立ちは役者のようであった。まるで、二枚目の狐が人になったような顔つきをしている。

天を仰げば、数千の鬼どもがこの若い男に従うように夜空に浮いている。

「閻魔様ッ」

と、朔夜と暗夜が膝をつく。上総介と戦っていた鬼どももこれに倣う。

源覚寺のこんにゃくえんま像とは似ても似つかぬ顔をしているが、どうやら、この若い男は本物の閻魔であるらしい。

閻魔は上総介を見ると、顔をしかめた。

「なぜ江戸の世に織田信長がいるのだ？　こやつが現世《ここ》にいてはおかしかろう」

独り言のように呟くと、上総介に向かって、小声で呪《しゅ》を唱えた。

「地獄に堕ちろ、織田信長」

とたんに、上総介の足もとの地べたが割れ、上総介を吸い込んだ。

「上総介おじさまッ」

しぐれの悲鳴が上がるが、閻魔は聞いていない。何事もなかったかのような顔で小風に話しかける。

「久しぶりであるな、小風。元気にしておったか」

やけに馴れ馴れしい。

「幽霊に元気も呑気もあるか」

小風は素っ気ない。

「閻魔《おぬし》などと話すのも面倒だ。さっさと竜神とやらを渡せ」

「竜神？　なんだ、それは？」

閻魔はきょとんとしている。本当に知らないらしく、教育係である朔夜に聞く。

「竜神というのは何だ？」

「江戸に雨を降らす神です。ずいぶん前に教えたはずですが、おぼえていらっしゃらないのですか？」

「ふむ」

慣れているのか、閻魔は朔夜の説教をするりと無視して質問を続ける。

「その竜神とやらがどうかしたのか？」

「消えてしまったのだ」

小風が答えた。

「雨を降らせる神が姿を消しただと？」

と、閻魔はしばし考え込む。

やがて、小さくうなずくと、厳しい声で朔夜に命じた。

「閻魔帳を持ってこい」

「ここにあります」

朔夜はそつがない。黒い革張りの帳面を閻魔に差し出す。

「寄こせ」

と、閻魔は差し出された閻魔帳をめくり、唸り声を上げた。

「このところ死人が多いと思えば、どいつもこいつも雨が降らぬことが原因で死んだ連中ばかりではないかッ」

優男であるが、さすがに地獄の閻魔だけあって怒ると迫力がある。

「その男のしわざです」

と、暗夜が伸吉を指差した。

「本当か？」

ぎろりと閻魔が伸吉を睨みつける。今にも地獄に堕とされそうな気配であった。

伸吉は怯えて震え上がってしまったが、しぐれは勇敢である。

「上総介おじさまの敵を討ちますわッ」

と、唐草模様の巾着袋を振り回す。

「にゃあも加勢しますにゃッ」

「みゃあッ」

と、猫骸骨とチビ猫骸骨も閻魔を引っ掻《か》こうと飛びかかる。

しかし、閻魔には通じない。

しぐれと二匹の猫骸骨の攻撃をひらりひらりと躱す。それから、面倒くさそうに手下に命じる。

「朔夜、なんとかしろ」

「はい」

朔夜はふわりと飛ぶと、しぐれたちの前に舞い降りた。こうなってしまうと、上総介の敵討ちどころではない。

「朔夜お姉さま、小銭をあげますから許してくださいな」

「小銭じゃ駄目にゃ。全部、あげるにゃ」

「みゃ」

「嫌よ、全部あげるくらいなら死んだ方がましですわ」

「……もう死んでいますにゃ」

「……みゃあ」

ぎゃあぎゃあと喚いているうちに、朔夜の手が伸び、しぐれを右手で猫の子のように摘み上げてしまった。

そのまま持ち上げて、しぐれが顔の高さまで来たとき、突然、今まで氷のように冷たかった朔夜の表情が変わった。

「ああッ」

と、言ったきり、しぐれの顔をまじまじと見つめ黙り込んでしまった。なぜか、頬のあたりが赤く染まり、興奮しているようにも見える。

「しぐれを放しますにゃ」

「みゃあ」

と、二匹の猫骸骨たちが朔夜の足にまとわりつくと、今度は左手でチビ猫骸骨を摘み上げた。文字通り猫づかみである。

朔夜の目の前に、しぐれとチビ猫骸骨の顔が並ぶ。

しかし、持ち上げただけで、朔夜は何もしない。どこか、うっとりとしたような顔つきで、しぐれとチビ猫骸骨を見ている。

「何ですの？」

「みゃ？」

しぐれとチビ猫骸骨が雁首《がんくび》を揃えて聞くと、再び、「ああッ」と声を上げ、朔夜は手を放してしまった。

とたんに、どたんと地面に落ちる。

だらしなく地面に転がるしぐれとチビ猫骸骨相手に、目を耀かせながら朔夜は言った。

「〝唐傘しぐれ一座〟ですね」

「そうですけど……」

「みゃあ……」

訳が分からず、きょとんとするしぐれとチビ猫骸骨に、朔夜は手をひとつ打つと、青い髪をまとめ、おだんご頭にしてみせた。

「あぁッ」

「みゃあッ」

そこには、閑古鳥が鳴いたときでも、ただ一人熱心にしぐれの見世物を見物していた、おだんご頭の若い女性が立っていた。

贔屓の引き倒しとはよく言ったもので、閻魔の忠実な僕であるはずの朔夜が、いきなり、しぐれの味方となってしまった。

「しぐれ様やそのお友達が悪いことをするわけがございません」

朔夜は閻魔相手に言い切る。

地獄の大王も朔夜には弱いのか、顎を撫でて考え込んでいる。

「うむ。言われてみれば、予の仕事を増やしておいて、わざわざ乗り込んでくるわけはないか」

閻魔が納得しかけたところを、藤四郎が大声でほじくり返す。

「姉上を返してくださぃッ」

「姉上だと？」

閻魔がぎろりと睨むと、藤四郎はささっと伸吉の背中に隠れる。閻魔の視線が伸吉に突き刺さる。

「藤四郎、あっちへ行っておくれよ。あたしが睨まれちゃうじゃないか」

伸吉は言うが、紫陽花の化身は聞いていない。あっちへ行くどころか、伸吉の背中からしつこく喚く。

「腰まで髪のある美しい女《ひと》ですよッ」

「知らぬと言っておろう」

閻魔は苛《いら》ついている。

「そんなに仕事熱心な閻魔なら誰も苦労していません」

朔夜がため息混じりに言う。

言われてみれば、面倒くさがりと評判の閻魔が旱魃《かんばつ》を引き起こして死人を増やすような真似をするはずがない。死人が増えれば自分の仕事が増えてしまうのだ。

「ふむ。他をさがすか」

唐傘が戻ってきて満足したのか、小風は呆気なく閻魔の言葉に納得している。

「咽喉も渇いたことだ。寺子屋へ帰るか」

その言葉を聞きつけ、カタカタと茶運び人形の茶々子が小風に近づいてきた。そして、おずおずと茶を差し出す。

小風は茶々子に唐傘を盗まれたことなど忘れてしまったような顔で茶を受け取り、渇いた咽喉を湿した。

「うむ。旨いぞ」

と、茶々子の頭をぽんと叩いた。

茶々子がうれしそうにカタカタと歩き回る。

見れば、茶々子の盆の上には、小さな布団が敷いてあって、怪我をした八咫丸が寝ている。茶々子は怪我の手当もできるらしい。弱々しいながらも八咫丸が、「カアー」と布団の中で鳴いている。

何となく江戸の日照りをなかったことにして、強引に話が終わってしまいそうな塩梅であったが、しぐれが口を挟んだ。

「ちょっと待ってくださらない、閻魔お兄さま」

破落戸《ごろつき》の親分みたいな顔つきになっている。しかも、両脇に二匹の猫骸骨を子分のように従えている。

「そうにゃ。待つにゃ」

「みゃあ」

猫骸骨だけではなくチビ猫骸骨までが、町のちんぴらのような顔つきになっている。どこから持ってきたのか、黒の着流しに銀煙管《ぎんきせる》までくわえ、二匹そろって、やたらと柄が悪い。

「いったい、何だ？」

閻魔は怪訝な顔をした。さすがの閻魔も九歳児や猫の幽霊に絡まれたことなどないのだろう。

しぐれは役者のように見得を切った。

「上総介おじさまを地獄に堕とした上に、この〝唐傘しぐれ〟を下手人扱いして、ただで済ますおつもりかしら？」

さっきまで、こそこそと逃げだしていたくせに、朔夜が味方と知ったとたん、手のひらを返している。

　手のひらを返したのは、しぐれだけではない。

「オトシマエをつけてもらいますにゃ。にゃあはお仕事も解雇《くび》になり、いろいろと困ってますにゃ」

　猫骸骨が閻魔に絡んでいる。本物の失業者だけに堂に入った佇《たたず》まいである。

「オトシマエと言われてもなあ……」

　朔夜の手前もあるのか、閻魔が困り果てている。

「しぐれ様、それくらいでお許しくださいませんか」

と、朔夜が言うが、しぐれには暖簾《のれん》に腕押し、糠《ぬか》に釘《くぎ》。いっそう柄の悪い顔になり、顎で猫骸骨に「やっちゃいなさい」と命じる。

「がってん承知之助にゃ」

　猫骸骨はヨタヨタと与太者歩きで暗夜のところまで行くと、「にゃんぱらりんっ」と飛び上がり、暗夜の首にぴかぴかと光り輝く数珠の首飾りを引きちぎり奪った。

「あ、拙者の首飾り」

　音之介がつぶやく。

「これは高く売れそうですにゃ」

と、悪ぶってみせたが、しょせんは失業中の猫幽霊にすぎない。猫の手では首飾りを上手くつかむことができず、ぽろりと地面に落としてしまった。呆気なく、がしゃんと砕け散った。

「あら、安物ですわ」

諦めのいいしぐれが言う。

しかし、誰も彼も諦めがよくできているわけではない。

「父上の形見が……」

羅刹に踏みつけられ、ただでさえ息も絶え絶えな音之介が落ち込む。暗夜のものならともかく、音之介のものを壊しても何のオトシマエにもなっていない。ただの迷惑行為である。

「お仕事していないのに、弁償できませんにゃ……」

困り果てた猫骸骨の目からぽろりと涙がこぼれた。

その涙の粒が砕けた首飾りの破片に落ちた。とたんに、その破片から、しゅるしゅる――

――と、白い煙が上がった。

「火事ですかにゃ？」

「みゃッ」

「カァーッ」

火に敏感な動物の幽霊たちが怯えた声を上げる。

中でも、猫骸骨の狼狽は大きかった。

「また、にゃあのせいですかにゃ？　お寺が燃えたら、弁償に困りますにゃ。お金もお仕事もありませんにゃ……」

「逃げた方がいいですわ、猫骸骨。逃げちゃえばバレやしないですわよ。弁償しなくても平気ですわ」

「みゃあ」

しぐれとチビ猫骸骨が猫骸骨に的確な助言をする。

「とんずらですかにゃ？」

「カアー？」

――中々に喧《やかま》しい。

だが、いちばん喧しいのは紫陽花藤四郎であった。

「きゃあッ」

頭の天辺から疳高い声を上げている。背中で大声を出されたものだから、仲吉の耳はきんとしてしまった。

「藤四郎、そんなに大声を出さないでおくれよ。耳が痛いったらありゃしない」

水芸師は仲吉の言葉なんぞ聞いていない。藤四郎は疳高い声で喚き続ける。

「お姉さまッ。おりゅうお姉さま、そこにいらしたのですねッ」

5

不意に雨がしとしとと降り始めた。久しぶりに江戸に降った雨である……。

やがて霧のように細かい雨の中から、か細い美女が現れた。

「姉上ッ」

藤四郎が飛び跳ねて、美女へ駆け寄る。この美女が竜神おりゅうであるらしい。

「ふむ。おりゅうとやらは音之介の首飾りに閉じ込められていたようだな」

小風は雨に濡れないように唐傘を差している。

ここまでくれば伸吉でも事件の黒幕に気づく。ましてや地獄の大王が気づかないはずはない。

閻魔は暗夜を睨みつける。

「どういうことだ？」

「どうって――」

暗夜は言い訳するような素振りを見せるが、朔夜が遮る。

「根に持っていたのですね、暗夜」

朔夜の声には同情が含まれているように聞こえた。

それを聞いて、暗夜が開き直ったように笑う。そして、がらりと表情を変えて閻魔に言った。

「当たり前だ、ぼんくら閻魔が」

「何を言っておる？」

閻魔が不思議顔で聞く。

そんな閻魔を見て、朔夜がため息をついた。

「大王はもう少し手下の心を斟酌《しんしゃく》できるようになるべきです」

教育係だけあって、閻魔相手でも遠慮がない。

「心を斟酌？　面倒な……」

と、あからさまに嫌な顔を見せる閻魔に、朔夜は説教を始めた。

聞けば、面倒くさがりの閻魔は、地獄の仕事を合理化して楽をしようとしたらしい。

「あの……もしかして、小風を嫁にしたいってのも……」

おずおずと仲吉は聞いてみる。

すると、案の定、閻魔はうなずいた。

「小風と唐傘があれば、地獄の責め苦も楽であろう」

「おぬしなあ……」

小風がため息をつく。

「小風お姉さまが地獄にお嫁にいらっしゃれば、たくさん死人が来ても問題ないですものね」

しぐれの算盤勘定は早い。

「小風お姉さまなら、いくらでも拷問できますわ」

「人聞きの悪いことを言うな」

小風は嫌な顔をするが、事実なのだから仕方がない。

閻魔ときたら、手下の鬼が多いのを面倒くさがり、地獄の亡者どもを大幅に解雇したというのだ。暗夜の恋人の羅刹も職を失い、路頭に迷ってしまったというわけだ。

「あんた、ひどいことをしますにゃ」

猫骸骨が閻魔を睨む。

この猫骸骨を見てもわかるように、化け物でも失業はこたえるようだ。

暗夜と羅刹は、死人が増えれば再び地獄は忙しくなり、仕事に戻れるだろうと一計を案じ、江戸中を日照りにしたのである。

さらに、暗夜にしてみれば、遅かれ早かれ小風は始末しなければならない幽霊であった。

唐傘を盗み出し、ひとけのない夜の小石川の源覚寺におびき出し、小風のことを消してしまおうとしたのだ。

閻魔の目の前で小風を消そうとするのは大胆不敵であったが、町中で羅刹をけしかけるわけにもいかず、怠惰な閻魔のことだから、騒いだところで気がつかないのではないかという暗夜なりの計算もあった。

「そこまで面倒くさがりではないわ」

と、閻魔は言うが、事実、登場したのは羅刹が小風に成敗された後のことである。暗夜の目論見は間違っていない。

「下らぬ真似をしおって」

閻魔は苦々しい顔をした、そのとき、目の端に黒い槍《やり》のようなものが走り、小風の唐傘を打った。

ぱしりと小風の唐傘が宙を舞い、地面を転がった。

「踏みつぶしてくれる」

そんな言葉と一緒に女の足が伸び、唐傘が踏みつけられた。

ぐしゃりと嫌な音が聞こえ、小風の唐傘が歪んだ。

「これで唐傘は使えまい」

見れば、槍のように右手の爪を伸ばした暗夜が、小風の唐傘を踏みつけながら立っている。ぐにゃりと歪んだ唐傘を暗夜は蹴り飛ばした。

暗夜は言う。

「閻魔ごと殺してくれるわ」

「無駄なことを」

馬鹿馬鹿しそうに閻魔はつぶやくと、天に浮かぶ数千匹もの鬼どもに命令する。

「暗夜を捕らえよ」

しかし、鬼どもは動こうとしない。

「……………」

「何をやっておる？」

閻魔は戸惑っている。

暗夜は言う。

「地獄の鬼を減らそうとする閻魔についていく鬼など、朔夜くらいのものだ。この馬鹿閻魔がッ」

「普通に考えれば、その通りです。閻魔は裏切られました」

この期《ご》に及んでも朔夜は冷静な顔をしている。

「閻魔どもを食らえッ」

と、暗夜が数千匹の鬼どもに命令する。

すると、空から鬼どもの吼《ほ》える声が聞こえた。本気で閻魔を殺そうというのだ。

音之介が斬鉄剣を片手に立ち塞がっているが、羅刹と戦った疲れが回復していないのか、すでに息が切れている。しかも、多勢に無勢である。鬼どもの餌食《えじき》になるのは火を見るよりも明らかであろう。

「これは死ぬな」

小風は言う。

閻魔と朔夜も「うむ。食われるな」と妙に冷静にうなずいている。仲吉にしてみれば、たまったものではない。

「ええッ」

と、悲鳴を上げかけたとき、ばさりと仲吉の懐から〝百鬼夜行の書〟がこぼれ落ちた。風に吹かれるように、パラパラと頁がめくれていく……。

――困ったことがあったら助けてもらうんだよ。

卯女の声が蘇《よみがえ》る。

藁《わら》にも縋る思いで、伸吉は〝百鬼夜行の書〟に描かれている妖怪の名を呼んだ。

「狐火ッ、助けておくれッ」

6

〝百鬼夜行の書〟の中に描かれている化け狐の目が光った。

青白い炎が噴き上がり、狐火の絵が〝百鬼夜行の書〟から抜け出した。

伸吉の目の前に、青白い炎を身にまとった子犬ほどの大きさの化け狐が現れたのであった。狐火は伸吉をじろりと見ると、人語で話しかけてきた。

「呼んだか？」

臆病な伸吉だけあって腰が抜けそうなほど驚いたが、今は怯えている場合ではない。すぐ間近に地獄の鬼どもが迫ってきているのだ。

伸吉は狐火に言う。

「助けておくれよ」

「嫌だ」

あっさり断られた。これでは、何のために〝百鬼夜行の書〟から派手に登場してきたのか分からない。

狐火は言葉を続ける。

「この狐火様を使い魔にするのには修行が足りぬわ」

「そんな……」

今さら修行と言われても困る。仲吉が目を白黒させていると、狐火が面倒くさそうに言った。

「まあ、卯女の孫を鬼の餌にして呪われるのも面倒だな。――今回だけは力を貸してやるとするか。時間稼ぎくらいはしてやろう」

狐火は宙に駆け上がった。

青白い炎が、いっそう燃え上がり、小さな狐火の身体を大きく見せる。

「おかしな化け物を出しおって。鬼ども、狐を食らってしまえッ」

暗夜の一声で、鬼どもは行灯の火に引き寄せられる蛾《が》のように、狐火に殺到する。

「狐火、危ないよ」

自分で呼び出したくせに伸吉は心配する。こんな小さな狐火が恐ろしい鬼に勝てるとは思えないのだ。

「危ないだと？」

鬼どもが迫っているのに、狐火は呑気な声を出している。

「おぬしは本当に何も知らぬのだな。卯女も困った孫を持ったものだ」

狐火は呆れたようにため息をつき、「見ておれ、孫」と伸吉に言い捨て、鬼どもに向かって飛びかかった。

轟々《ごうごう》と狐火の身体から青白い炎が弾け、その炎に触れるたびに鬼がジュッジュッと音を立て蒸発していく。

驚いたことに、狐火一匹で地獄の鬼どもを圧倒している。恐怖を知らぬはずの地獄の鬼どもが及び腰になっている。

「強いんだね、狐火」

伸吉は感心する。すると、狐火に睨みつけられた。

「馬鹿者ッ、何をぐずぐずしておるかッ」

きょとんとしていると、ため息混じりに狐火が言う。

「時間稼ぎと言ったであろうが」

確かにそんなことを言っていた。しかし、そう言われても何のための時間稼ぎなのか見当もつかない。

狐火は言う。

「小風の唐傘を直すのだ、伸吉。袂に傘紐と汗止めの手拭いを持っておるだろう」

目を丸くしたのは伸吉である。

「ど、ど、どうして傘紐のことを知っているの？　あたしの袂を覗いたの？」

「いいから早くしろッ。わしとていつまでも一人で防ぎきれるものではないぞ」

狐火に敵わないと気づいた鬼どもが、小風やしぐれたちを狙って襲いかかる。音之介が斬鉄剣で斬り伏せているが、数千匹の鬼どもを防ぎ切れるものではない。

「でも……」

伸吉は躊躇う。小風の唐傘を直せる自信がなかったのだ。唐傘というやつは繊細にできており、一歩間違えると、和紙に油を塗ってあるだけの傘布が破れてしまい、取り返しのつかないことになる。

小風が口を開いた。

「馬鹿師匠。――いや、伸吉」

「え？」

珍しく本当の名を呼ばれて伸吉は狼狽《うろた》える。

「頼む。唐傘を直してくれ」

小風に真面目なことを頼まれたのは、はじめてのことだった。天では狐火が鬼どもを焼き、地では音之介が斬鉄剣で小風やしぐれたちを守っている。伸吉だけが臆病を理由に隠れているわけにはいかない。

「やってみるよ、小風」

伸吉は言った。

そして、小風たちのいるところから少し離れ傘職人の道具を広げると、かまわぬ柄の手拭いをぎゅっと頭に巻いた。

傘平に教えられた通り、赤子を抱くようなやさしい手つきで壊れた唐傘を開いてみると、傘布を支える親骨の一本が折れている。いったん骨を外し、傘紐で補強すれば、とりあえずは使えるようになる。

傘平であれば目を擦る間に直してしまうところだが、伸吉は半人前で、折れた骨を外すだけでも一仕事である。

「伸吉師匠、手伝いますにゃ」

「みゃ」

猫骸骨とチビ猫骸骨の手を借りながら、必死に唐傘の修理をする。寺子屋で修業したように修理は進みつつあった。

「余計なことをするでない」

暗夜の指から、槍のように長く鋭い爪が、

ぎゅんッ――

――と、伸びてきた。


伸吉の左肩に暗夜の爪が、ずぶりッと突き刺さり、灼《や》けるような痛みが全身を貫いた。しゅるりと爪が暗夜の手に戻り、伸吉の左肩からは血が噴き出す。

「伸吉師匠にゃあッ」

「みゃあッ」

猫骸骨とチビ猫骸骨が泣きそうな顔になった。

さらに、閻魔と暗夜の声も聞こえてきた。伸吉を追撃しようとする暗夜を閻魔が叱りつけているらしい。

「伸吉……」

小風の声が聞こえる。

泣きだしたいくらいの痛みなのに、伸吉の手は唐傘の修理を続けている。

「……大丈夫だよ、小風。すぐ直すからね」

口までが勝手に強がりを言う。二匹の猫骸骨も心配そうな顔を見せながら、伸吉の修理の手伝いを続けてくれる。

「今度、爪が来たら、にゃあが盾になりますにゃ」

「みゃあ」

すぐ近くにいるはずの二匹の猫骸骨の声が遠くから聞こえる。痛みのためか、目の前が霞《かす》み始めている。

「暗夜、いい加減にせぬか」

閻魔は諫《いさ》めるが、暗夜は聞かない。それどころか、今にも閻魔に殴りかかりそうな顔をしている。

「貴様も殺してくれるわッ」

と、暗夜が閻魔に気を取られているうちに、仲吉の手は唐傘を直し終えた。どくどくと血は流れ続けている。それでも最後の力を振り絞って、直し終わったばかりの唐傘を小風に放り投げた。ぱしりと唐傘が小風の手に戻る。

「仲吉、すまぬ」

小風の声が聞こえた。

全身から、がくんと力が抜けた。歪んだり霞んだりする視界の端で、

ぱらり――――

――――と、小風の唐傘が開いた。

小風は閻魔に冷たい声で言う。

「仕切らせてもらうぞ、閻魔」

暗夜はにやりと笑う。

「小風とやら、何を怒っている。幽霊のくせに、そんなに伸吉《こやつ》を気に入っておるのか？」

「うるさい娘だ」

小風は機嫌が悪い。いつの間にやら、三途の紐で、長い髪を馬の尻尾のように縛り上げている。小風の耳がやけに尖って見える。そんな小風に怯えたのか、宙に浮かぶ鬼どもが凍りついたように動きを止めた。

一方、暗夜は小風の不機嫌を面白がるように、わざとらしく爪を剝き出しにして伸吉に翳しながら言った。

「人の子というのは脆《もろ》いものよ。――どれ、伸吉とやらの眼球をひとついただこうか。ふたつあっても邪魔であろう」

伸吉の眼球を目がけ、暗夜は爪を走らせた。

ずきりずきりと肩が痛んで、伸吉は逃げることができない。

尖った爪が伸吉の眼球に触れようとした瞬間、暗夜の右腕が、すぱん――

――と、飛んだ。

「便利な紐だな。髪も結べるし、鬼の腕も斬れる」

冷たく言い放つ小風の右の手首から、鞭のように三途の紐が伸びている。小風は、この紐で暗夜の右腕を切断したのだった。

唐傘の霊力を借りない〝三途の紐〟はただの紐にすぎぬが、霊力を吸うと、情け容赦のない鞭になるらしい。

肘から先を失った暗夜の腕から青い血が地面に流れ落ちる。暗夜の顔から血の気が引いていく……。

「まだ続きがある」

顔色ひとつ変えず、小風は唐傘をくるりくるりと回した。そして言う。

「叫喚地獄のひとつ、髪火流処《はっかるしょ》」

その言葉が夜の小石川に響き渡ると、暗夜に降り注ぐ雨の色が赤く変わった。

――いや、雨ではない。

紅蓮《ぐれん》の炎が暗夜に降り注いでいるのだ。

声を上げる間もなく、暗夜の身体が燃え上がり、一握りの炭となった。

しゅるりと髪を解き、小風は閻魔に言う。

「地獄に持って行って血の池に浸《つ》けておけば、蘇生《そせい》するであろう」

其ノ七　伸吉、嫉妬するの巻

小石川の源覚寺から帰った後、伸吉は気を失うように寝ついた。地獄の鬼に肩を刺されたのだから当たり前である。

気は弱いが身体だけは丈夫にできているらしく、三日もすると起き上がることができるようになった。肩は痛んだが、鋭く尖った爪でやられたのが幸いしたのか、傷は塞がりつつあった。幸いなことに腕も動く。

すると、ぐるるぐるると腹の虫が鳴った。この三日というもの、まともに食っていないのだから当然だ。

「困ったねえ……」

久しぶりに口から飛び出した言葉である。伸吉が寝ついていたということは、炊事が滞っていることを意味する。掃除は音之介がやってくれるが、飯は作ってくれない。買い物に行かなければ、食い物ひとつないだろう。

外を見ると、すでに日が落ちている。こんな時間に買い物に行ったところで店は開いてなかろう。そもそも腹が減りすぎて歩く気にもなれない。

屋台で蕎麦でも食べたいところだが、残念なことに懐は寂しい。

ぐるるぐるるとうるさい腹の虫を抱えていると、ふわりと台所の方から煮物と焼き魚、それに炊き立ての飯のにおいが漂ってきた。

飯より先に、小風の姿が思い浮かんだ。

意外にやさしいところのある小風のことだから、腹を減らした伸吉のために飯を作ってくれているに違いない。そんな気がする。

いや、それどころか、もしかすると、怪我《けが》をした伸吉を心配して、「おまいさん、あーん」なんて言って飯を食わせてくれるのかもしれない。

伸吉は期待に胸を膨らませ、よろめく足取りで台所へ急いだ。

＊

台所へ行ってみると、いつも伸吉の座っている席に男がいた。しかも、伸吉の茶碗で飯を食っている。

「あの……」

伸吉は絶句する。

一緒に飯を食っていた猫骸骨とチビ猫骸骨が、伸吉を見つけて駆け寄ってきた。

「伸吉師匠、大丈夫かにゃ？」

「みゃ？」

二匹揃って心配してくれるが、返事をする気力もない。

それでも、精いっぱい頑張って、伸吉の茶碗で飯を食っている男に震える声で聞く。

「どうして、閻魔がここにいるの？」

閻魔は涼しい顔で聞き返す。

「いては悪いか？」

――いいわけがない。

どこの世界に地獄の閻魔を歓迎する家があるというのだ。

しかも、我が物顔で飯を食っているのは閻魔だけではない。

「この大根の煮物は美味しいですね、暗夜」

「うるさい。黙って食え」

朔夜と暗夜までが並んで飯を食っている。暗夜の肌がほんの少し黒いのは、小風に炭にされたなごりなのかもしれない。見ていると、閻魔と暗夜はすっかり和解しているようである。

啞《あ》然《ぜん》とする伸吉の目の前を、白い物体がふらふらと飛んで行った。

「カーッ」

八咫丸である。

まだ怪我が治っていないのか全身に包帯を巻いて、白いカラスのようになっている。しかし、怪我をしている割りには元気である。伸吉の目には、八咫丸が包帯を嫌がって解こうとしているように見える。

首を傾げていると、どたどたと音之介が走ってきた。

「八咫丸殿、白い包帯が似合っているでござる」

包帯を山のように抱えている。風呂に入っても白くならない八咫丸に、さらに包帯を巻こうとしているようだ。あっちふらふら、こっちふらふらと飛んでいる八咫丸を追いかけ回している。

そして、誰が飯の支度をしているのかという疑問も氷解した。

カタカタと茶運び人形の茶々子が歩き回り、細々《こまごま》と給仕している。前掛けを締めているところを見ても、飯を作ったのは茶々子であるらしい。

たった三日ほど寝込んでいただけで、地獄の連中ときたら、すっかり寺子屋に馴染んでいる。

——とにかく閻魔たちを追い出さなければ。

「あのですねえ……」

と、伸吉が口を開きかけたとき、しぐれが、つつんと伸吉の袖を引いた。例によってしぐれの両脇には猫骸骨とチビ猫骸骨がいる。

しぐれは伸吉に小声で言う。

「閻魔お兄さまたちを寺子屋においてあげてください」

「ど、ど、どうして？」

目を白黒させる伸吉に、しぐれと二匹の猫骸骨は口々に言う。

「見世物にしますにゃ」

「みゃ」

「地獄の閻魔と美人鬼なんて大儲けできますわ」

この連中は、地獄の閻魔一行を見世物にして金を稼ぐつもりらしい。

「地獄に堕ちるよ」

と言ってやったが、誰も聞いていない。三つの頭を並べて、〝ものの け本所深川金儲け帖〟を見ながら、算盤片手に金儲けの相談をしている。閻魔を居候させると決めつけているようだ。

しぐれたちを見て伸吉は納得できない気分になった。

——この連中は上総介を忘れている。

伸吉たちを助けようとして、閻魔に地獄へ堕とされている。今まで幽霊に襲われるたびに上総介に助けられてきたではないか。すっかり閻魔たちと馴染んでいるしぐれたちが薄情に思えた。

柄にもなく、むっつり黙り込んでいると、後ろから誰かが話しかけてきた。

「伸吉師匠も災難であったな」

疳高い声に聞きおぼえがある。

まさかと思いながら振り返ると、〝天下布武〟と書かれた茶碗で飯を食っている上総介の姿があった。

「どうしてここにいるの？」

伸吉は目を丸くする。

「予には地獄さえ生ぬるいわ」

と、上総介は戦国のころから口癖になっているはったりばかりで、まったく内容のない大口を叩いている。

しかし、この返事ではなぜ、ここにいるのか分からない。

「だからね……」

と、伸吉が戸惑っていると、朔夜が口を挟んだ。

「〝唐傘しぐれ一座〟の看板役者をお返ししますわ」

「これから世話になるのだから、土産くらい持ってこないとな」

閻魔もそんなことを言っている。

しぐれと二匹の猫骸骨が閻魔の味方をする理由も分かった。ちなみに、上総介の茶碗の〝天下布武〟はしぐれの字である。

「上総介おじさまッ」

しぐれがうれしそうに話しかける。

「次は徳川家康の〝神君伊賀越え〟をいたしましょう」

「なぜ、予が家康ごときの――」

「お仕事があるにゃから、黙ってやりますにゃッ」

「みゃッ」

わいわいがやがやと喧しい。

しかも、いくら閻魔たちのおかげで、〝唐傘しぐれ一座〟が儲かろうと、この小娘のことだから一銭の食費だって伸吉に渡すつもりはなかろう。

つまり、伸吉にしてみれば、恐ろしい上に、食費がかさむだけである。損ばかりで何の得もない。

ちらりと横を見ると、小風が飯を食っている。仲吉は小風に助けを求めた。

「何とか言ってやっておくれよ」

小風は茶々子から食後の茶を受け取り、ごくりと一口飲むと言った。

「聞くような連中ではない。諦めろ」

「そんな……」

と、泣きべそをかく仲吉をばっさり無視すると、小風は茶々子に声をかける。

「おぬしは茶を淹《い》れるのも達者だが、料理の腕もよいな」

小風の言葉を聞いて、茶々子が照れたようにカタカタと動き回る。

今まで飯を作っていた仲吉は、いっそう涙目になる。茶々子に仕事を奪われたように思えたのだった。ほんの少しだけ、仕事をなくした羅刹の気持ちが分かったような気がする。

ちらりと仲吉を見た後に、小風は言葉を続けた。

「茶も飯も旨いとなると、しばらく成仏できぬな。世話になるぞ、馬鹿師匠」

この作品は書き下ろしです。

恋閻魔《こいえんま》

唐傘小風《からかさこかぜ》の幽霊事件帖《ゆうれいじけんちょう》

高橋由太《たかはしゆた》

平成23年12月10日　初版発行

発行人――石原正康
編集人――永島賞二
発行所――株式会社幻冬舎
〒151-0051東京都渋谷区千駄ケ谷4-9-7
電話　03(5411)6222(営業)
　　　03(5411)6211(編集)
振替00120-8-767643
印刷・製本―図書印刷株式会社
装丁者――高橋雅之

幻冬舎時代小説文庫

ISBN978-4-344-41782-3　C0193　た-47-2